सुमन और सना

सुमन और सना

लेखन एवं निर्देशन

श्रीमती नादिरा ज़हीर बब्बर

वाणी प्रकाशन

वाणी प्रकाशन का 'लोगो'
विख्यात चित्रकार मक़बूल फ़िदा हुसेन की
कूची से

ISBN : 978-81-8143-825-6

वाणी प्रकाशन
21-ए, दरियागंज, नयी दिल्ली-110002
द्वारा प्रकाशित

फोन : 0091#11#23273167, 23275710
फैक्स : 0091#11#23275710
ई-मेलः vaniprakashan@gmail.com
vani_prakashan@yahoo.com
वेबसाइट : www.vaniprakashan.com
प्रथम संस्करण : 2008

नागरी प्रिंटर्स, शाहदरा, दिल्ली-110032
द्वारा मुद्रित

मूल्य : 95.00

SUMAN AUR SANA (Play)
by : Nadira Zaheer Babbar

समर्पण

अपने अब्बा कॉमरेड सज्जाद ज़हीर और
अम्मी बेगम रज़िया ज़हीर के नाम
"अम्मी अब्बा मेरा तो कुछ भी
नहीं सब कुछ आप का ही
दिया हुआ है..."

आभार

अपने शौहर राज बब्बर साहब की शुक्र गुज़ार हूँ जिनके मौजूदगी के बिना शायद मैं कुछ भी नहीं कर पाती। मैं अपने दोनों बच्चों बेटी जूही और बेटा आर्य बब्बर की शुक्र गुज़ार हूँ कि उन्होंने बचपन से ही मेरे हर काम में साथ दिया। मैं अपनी सम्पूर्ण नाट्य संस्था 'एकजुट' के प्रति आभार प्रकट करना चाहती हूँ, विशेषतः दर्पण और हनीफ़ को।

मैं श्रीदेव और भरत की भी दिल से शुक्रगुज़ार हूँ जिनकी मदद के बिना ये काम संभव नहीं था। घर में कार्य करने वाले सहयोगियों वर्षा, मनीषा, पाटिलजी, झा इत्यादि जो घर पर मेरे लिए ऐसा वातावरण बनाते हैं कि मैं चिन्तामुक्त होकर काम कर सकूँ, इन सभी के प्रति आभार प्रकट करती हूँ।

इसके अलावा नेक मित्र और सुधी जन जिनके सहायता और सुझाव मुझे सदैव मिलते रहते हैं, अपने सभी दर्शकों के प्रति भी आभार प्रकट करती हूँ जिन्होंने इस नाटक को इतना बढ़ावा दिया।

अन्त में वाणी प्रकाशन के अरुण माहेश्वरी जी को भी धन्यवाद, जो उन्होंने दो साल मेरे पीछे पड़के मुझसे ये काम करवा ही लिया। आप सबका धन्यवाद।

—नादिरा ज़हीर बब्बर

मंच पर

(कश्मीर में...)

शान्ता	:	अनुपमा मेहरोत्रा
किसन	:	अख़लाक
बशीर	:	इमरान रशीद
याहवर	:	मनोज चेरियन
अमीना	:	शिवानी टंकसले
आरिफ	:	पवन उत्तम
नन्दकिशोर	:	विपुल त्यागी
लक्ष्मी	:	परवीन कुरैशी
क्लर्क-1	:	सुनील पंडित
क्लर्क-2	:	दिगेश महोरे
सुमन	:	कजरी बब्बर
कमला	:	रश्मि पोटे
आतंकवादी-1	:	इमरान रशीद
आतंकवादी-2	:	मनोज चेरियन
डॉ. दूदा	:	हनीफ़ पटनी
डॉ. गिरजा	:	सोनल झा
हरिकौल	:	दर्पण मिश्रा
राजेश	:	अनिल वासुदेवन
मुहम्मद अली	:	शेख़ सागी उस्मान
शौकत की माँ	:	फ़रीदा
शौकत	:	सुमीत व्यास
मेजर	:	सन्तोष तिवारी
नुन्द रिषी	:	शुभ्र ज्योति बराट

(गुजरात में...)

व्यक्ति-1	:	दिगेश महोरे
व्यक्ति-2	:	मुज़म्मिल कुरैशी
व्यक्ति-3	:	अख़लाक
व्यक्ति-4	:	इमरान रशीद
युसुफ	:	हनीफ़ पटनी

नज़मा	:	शिवानी टंकसले
पटेल	:	अकबर ख़ान
मुख्तार	:	दर्पण मिश्रा
औरत-1	:	संगीता मोदी
औरत-2	:	फ़रीदा
किश्वर	:	परवीन कुरैशी
सना	:	कजरी बब्बर
सना की अम्मी (परवीन)	:	जूही बब्बर
चाची	:	परवीन कुरैशी
वैशाली	:	दिव्या शारदा
अविनाश	:	मनोज चेरियन
ड्राइवर	:	विपुल त्यागी
पुलिस-1	:	सुनील पंडित
पुलिस-2	:	मनोज चेरियन
सलमान	:	दिगेश महोरे
शाहिद	:	सुमीत व्यास
लड़का-1	:	मुज़म्मिल कुरैशी
लड़का-2	:	अख़लाक
कृष्ण	:	प्रकाश सोनी
कोरस मेल	:	सन्तोष तिवारी, पवन उत्तम, अख़लाक मुज़म्मिल, इमरान, मनोज चेरियन।
कोरस फीमेल	:	शिवानी टंकसले, दिव्या शारदा, परवीन कुरैशी, रश्मि पोटे, सोनल झा, फ़रीदा

मंच के पीछे

स्टेज मैनेजर	:	सन्तोष तिवारी
सेट	:	रियाज़ अहमद
सेट इन्चार्ज	:	अख़लाक, मुज़म्मिल
लाइट	:	रवि मिश्रा, अकबर ख़ान
म्यूजिक	:	कुलदीप सिंह
म्यूजिक ओपरेशन	:	अजित वासुदेवन
प्रोपर्टीज	:	सुमीत व्यास, इमरान रशीद
कास्ट्यूम	:	जूही बब्बर
फाइनेन्स मैनेजमेन्ट	:	हनीफ़ पटनी

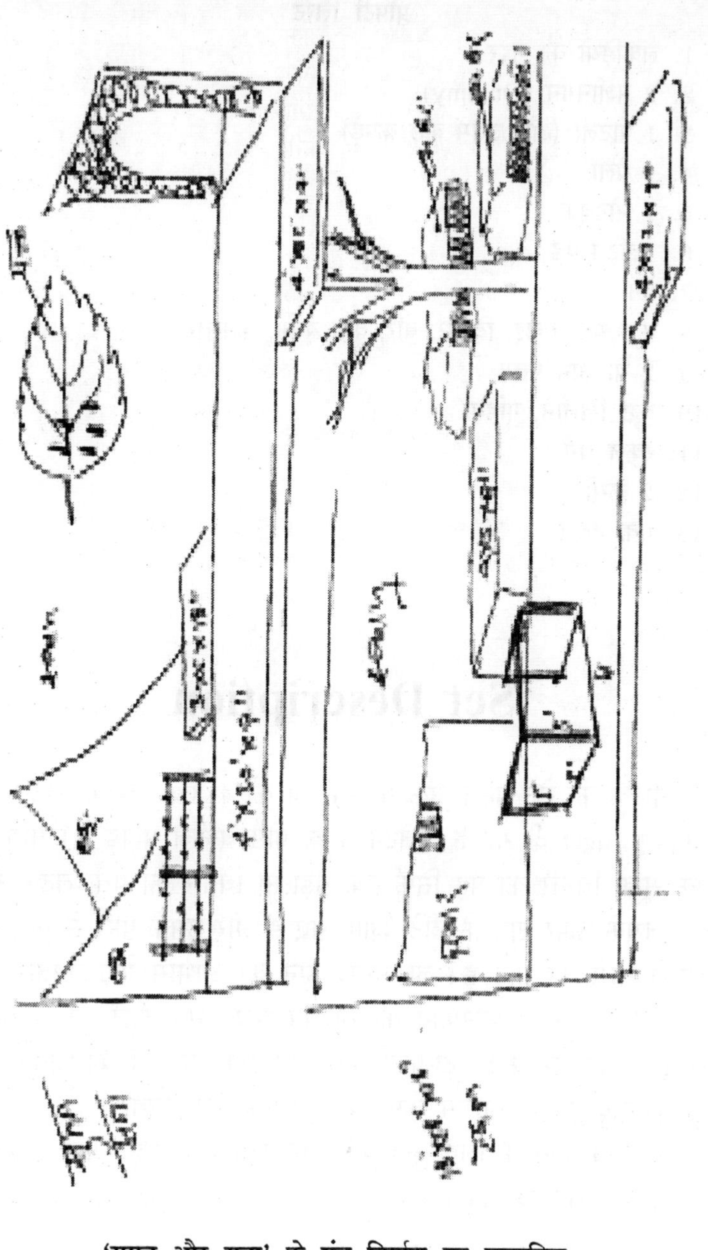

'सुमन और सना' के मंच निर्माण का छायाचित्र

प्रोपर्टी लिस्ट

1. लकड़ियों का गट्ठर
2. 2 मशीनगन (Dummy)
3. 1 पोटली (और उसमें कुछ कपड़े)
4. 1 थैला
5. 1 नोटबुक
6. राइटिंग पैड
7. पेन
8. कुछ गद्दे, रजाई, बिस्तर, बोरे, कुछ बर्तन, कनस्तर
9. 2 या तीन पतंग
10. कुछ खिलौने, गुड़िया
11. स्कूल बैग
12. 2 कुर्सी
13. एक टेबल

Set Description

इस नाटक का सेट पहले अंक में अपस्टेज को 4×8×9 इंच के प्लेट फॉर्म लगाकर Hight दी गई है। प्लेटफॉर्म के पीछे बर्फीले पहाड़ हैं। साथ में एक सूखा चिनार का पेड़ सिर्फ एक बड़ा-सा चिनार का पत्ता लटक रहा है। जिसके ऊपर खून के छींटे दर्शाए गए हैं और उसके पीछे से सटी हुई कँटीले तारों की बाड़ है। जो सरहद होने का आभास पैदा करती है।

दूसरे अंक में प्लेटफॉर्म को छोड़कर बाकी सब चीज़ें हट जाएँगी। इसकी जगह पर कुछ टूटी-फूटी क़ब्रें और एक दो घरों की दीवारें जो अहमदाबाद के शाहआलम कैम्प का आभास पैदा करती है।

पाँचवें दृश्य के लिए नुन्द ऋषि की दरगाह के लिए आर्च लगाकर दरगाह का लुक दे सकते हैं।

निर्देशकीय

मैं पिछले 38 सालों से थियेटर से जुड़ी हूँ और इन सालों में कभी साधारण-सा और कभी अच्छा थियेटर किया है। अब तक मैंने दो नाटक लिखे हैं–'दयाशंकर की डायरी' और 'सकुबाई'।

'सुमन और सना' मेरा लिखा हुआ तीसरा नाटक है। रंगमंच मेरा काम, जुनून और मेरी ज़िन्दगी है। कोई राजनीतिक उपदेश देना मेरा ध्येय नहीं है, पर ये अपने आप से बेइमानी है। कि हम अपने आसपास होनेवाली घटनाओं की तरफ से आँखें बन्द कर लें। जैसा कि मशहूर जर्मन कवि 'मार्टिन निमोलए' ने बड़े सटीक तरीक़े से कुछ इन शब्दों में लिखा है–

"जब जर्मनी में नाज़ी आए,
पहले 'कम्यूनिस्ट' के लिए,
मैंने कुछ नहीं कहा...क्योंकि मैं 'कम्यूनिस्ट' नहीं था,
फिर वो आए 'यहूदियों' के लिए
और मैंने कुछ नहीं कहा क्योंकि मैं 'यहूदी' नहीं था,
फिर वो आए 'ट्रेड यूनियनिस्ट' के लिए
और मैं कुछ ना बोला क्योंकि ना था 'ट्रेड यूनियनिस्ट'।
फिर वो आए 'कैथलिक' के लिए
और मैं ठहरा प्रोटेस्टेंट और इसलिए मैंने मुँह ना खोला
फिर वो आए मेरे लिए और तब तक कोई ना बचा था
बोलने के लिए किसी के लिए भी।

साम्प्रदायिक नफ़रत की वजह से होने वाले दंगे हमारे देश में कोई नई बात नहीं। इन दंगों की वजह से मिले मानसिक आघात के नियमितता के कारण ही शायद हमारा समाज सब मिलाकर धीरे-धीरे इन

सब घटनाओं की तरफ से संवेदनहीन-सा होता जा रहा है। 'सुमन और सना' एक कोशिश है इस मुद्दे से जुड़े इंसानियत की तड़प और तकलीफ़ के पहल पर ध्यान केन्द्रित करने की। नाटक दंगे के शिकार उन लोगों की है, जिन पर आक्रमण हुआ और जिन लोगों को अपने घरों को छोड़कर भागना पड़ा। बिना किसी राजनीतिक उचितता और अनुचितता सम्बन्ध हुए तकलीफ़ों को जीवन्त करता है।

इस नाटक में जोकि एक कोलाज की तरह लिखा गया है, दंगे में मारे गए लोगों की शरणार्थी शिविर की ज़िन्दगी की झलकियाँ प्रस्तुत की गई है। ये कहानी है उन लोगों के प्रयत्न की जो अपनी चोट और तकलीफों को भुलाकर अपनी आज की परिस्थितियों के साथ समझौता करने की कोशिश में जुटे हैं।

कहानी समय और अन्तराल को पार कर एक निःसहाय छोटी लड़की, जिसका नाम सुमन और सना है के आँखों देखी वृत्तान्त के रूप में पेश की गई है। उसकी आँखों के रास्ते हम देखते हैं कि कैसे एक आदमी दूसरे आदमी की वजह से अपमान आशंका और जोखिम से गुज़रता है, एक अनर्थ जिसे बशीर बद्र ने बहुत मर्मस्पर्मी शब्दों में पेश किया है–

''लोग टूट जाते हैं, एक घर बनाने में,
तुम तरस नहीं खाते बस्तियाँ जलाने में''

इस नाटक को लिखने के लिए काफ़ी रिसर्च किया। नाटक के प्रथम अंक के लिए यानी जब नाटक कश्मीर में आतंकवाद की बात करता है मैं जम्मू गई थी वहाँ कश्मीर के मशहूर लेखक अग्निशेखर जी से भेंट हुई। अग्निशेखर जी और अन्य कई और (Human Activists) से बात की। अग्निशेखर जी मुझे जम्मू के बाहर बसे हुए उस शरणार्थी शिविर में ले गए जहाँ जम्मू से आए हुए शरणार्थियों को बसाया गया था। वहाँ उन शिविरों में रहनेवाले परिवारों से मेरी कई बार और काफ़ी लम्बी बातचीत हुई। ये सिलसिला कई सप्ताह तक चला। दिलों को दहला देनेवाला सच जिसने मेरी आत्मा को झकझोर दिया। फिर वही अनुभव मुझे अहमदाबाद में

शाहआलम शरणार्थी शिविर में हुआ जहाँ हज़ारों शरणार्थी अपने घरों से भागकर बसे हुए थे।

क़ब्रिस्तान जहाँ इंसान मरने के बाद पहुँचता है वहाँ ये सब जीवित लोग जीवनदान लेने आए थे। उनकी बातें सुनकर कितनी रातें तो मैं सो न सकी। एक ही प्रश्न बार-बार कौंधता रहा मन में कि मनुष्य की प्रकृति और उन्नति की सारी बातें ढोंग नहीं तो और क्या है। तभी निश्चय किया कि जो कुछ भी मैं महसूस कर रहा हूँ उसे अपने कला के द्वारा दर्शाने का प्रयत्न करूँगी। इस तरह लिखा गया सुमन और सना। ये नाटक लिख पाना कतई संभव नहीं हो पाता यदि अग्निशेखरजी, रीटा कौलजी, कुलदीप सिंहजी, देसाईजी, असग़र वजाहतजी इन सभी महानुभावों ने मेरा हर क़दम पे साथ न दिया होता। मैं इन सबकी आभारी हूँ।

—नादिरा ज़हीर बब्बर

सुमन और सना

(मंच पर धीरे-धीरे प्रकाश आता है। ढोलक-हारमोनियम नगाड़े के साथ गाते हुए कोरस उभरता है)

हर तरफ आग है, हर तरफ है धुआँ
जल रहे हैं बदन, जल रहे हैं मकाँ।
नफ़रतें रह गईं, चाहतें मिट गईं
दूरियाँ हो गईं, कुरबतें मिट गईं।
सर झुकाए खड़ी, आदमियत मिली।
हर क़दम ख़ूँ में लथपथ, शराफ़त ही मिली।
जाने क्या हो गया है, मेरे देश को। 2
लीजिए आ गए, फिर रोने रुलाने वाले
बात बे बात पे ये अश्क़ बहाने वाले।
हमने क्या की है तरक्क़ी ये इन्हें क्या मालूम
हर तरफ़ धूम है अपनी ये इन्हें क्या मालूम
मॅकडोनल्ड है कोका कोला है कहीं पेप्सी है
पॉप है, डिस्को है, म्यूज़िक है कहीं मस्ती हैं।
माफ़िया गैंग्स पे बनती हैं हमारी फिल्में
फॉरेन एक्सचेंज कमाती हैं हमारी फिल्में।
अब अगर थोड़े, बहुत गम भी हैं, तो बात ही क्या
ये तो होता ही है, इन बातों की औक़ात ही क्या।
माँ की आग़ोश से, छीनकर नन्हे बच्चे जलाए गए
क्या ये थोड़ा सा ग़म है। 2
माँओं-बहनों की, इज़्ज़त के चिथड़े उड़ाए गए
क्या ये थोड़ा सा ग़म है। 2
ट्रेन में एक बेबस, हवस का निशाना बनी
क्या ये थोड़ा सा ग़म है।

बस्ती-बस्ती अगर दहशतों का निशाना बनी
क्या ये थोड़ा सा ग़म है। 4
ठीक है मान लिया, हमने ये जान लिया 2
वही सब बार-बार हमको, बताते क्यों हो
दूर हैं वो सब, हमें इतना, डराते क्यों हो।
दूर के तुम तमाशाई हो तुम समझते हो महफ़ूज़ हो
तुमसे ग़म दूर है ग़म से तुम दूर हो 2
आग लेकिन अगर यूँ ही बढ़ती रही
तुम भी जल जाओगे 3
आज यही कहानी सुनाएँगे हम 2
ग़म का चेहरा दिखाएँगे हम 2
तुम ना समझे तो ये देश गँवाएँगे हम 4

(हम्मिंग करते हुए कोरस मंच से बाहर चला जाता है। मंच पर धीरे-धीरे अँधेरा हो जाता है, नेपथ्य से कुछ औरतों के रोने की आवाज़ें सुनाई देती हैं। धीर-धीरे मंच पर प्रकाश आता है। दो औरतें अलग-अलग वींग से आकर दोनों कार्नर स्टेज पे बैठ जाती हैं दोनों की उम्र तक़रीबन 50 साल है। एक के सर पे लकड़ियों का गट्ठर है दूसरे के सर सब्ज़ियों की टोकरी एक का नाम शान्ता और दूसरी का अमीना है दोनों सुस्ताने के लिए बैठती हैं एक-दूसरे की तरफ देखे बिना बातें करती हैं।)

शान्ता : तुम्हारा नाम क्या है?

अमीना : अमीना। और तुम्हारा?

शान्ता : शान्ता। कहाँ रहती हो?

अमीना : नदी के उस पार वाले गाँव में। और तुम?

शान्ता : नदी के इस पार वाले गाँव में...।

अमीना : कौन-कौन हैं तुम्हारे घर में?

शान्ता : अब तो कोई भी नहीं। पति तो पहले ही गुज़र गया था, मेरा एक बेटा था महाराज किसन नाम था उसका...बहुत सुंदर, लंबा-चौड़ा, गोरा रंग, उस पर से एक़दम घुँघराले बाल, मैं उसकी इसी साल शादी करने वाली थी...*(फ्लैश बैक)*

किसन : माँ, माँ।

शान्ता : आ रही हूँ बेटा।

किसन : माँ तू ये पैसे रख ले। मैं कोयले वाले को बोल दूँगा, वो जल्दी

अनुपमा मेहरोत्रा एवं शिवानी टंकसले

शिवानी टंकसले और पवन उत्तम

ही कोयला पहुँचा देगा। अच्छा माँ मैं चलता हूँ।

शान्ता : एक दो दिन रुक तो ले बेटा।

किसन : हर हफ्ते तो आता हूँ तुझसे मिलने फिर तू क्यों उदास होती है। अब चौकी हमारी ऐसी जगह है, जहाँ बहुत खतरा है। ज्यादा लंबी छुट्टी नहीं ले सकता।

शान्ता : पर तेरी बहू के लिए कपड़े लेने हैं।

किसन : कपड़े तू पसन्द कर ले माँ।

शान्ता : इसी नवरे पे तेरी बहू ले आऊँगी मैं।

किसन : माँ।

शान्ता : मैंने थोड़े बहुत पैसे जमा किए हैं, सोचती हूँ तेरी बहू के लिए सोने के कड़े बनवा दूँ।

किसन : कड़े तू अपने लिए बनवा ले माँ तूने जीवन में कभी सोना नहीं पहना। अच्छा माँ अब मैं चलता हूँ नहीं तो आख़िरी बस भी छूट जाएगी।

शान्ता : खाना तो खा ले।

किसन : नहीं माँ देर हो जाएगी। *(माँ के पैर छूता है)* अच्छा माँ चलता हूँ।

(तभी दो आतंकवादी अंदर दाख़िल होते हैं, दोनों के हाथ में मशीन गन है और चेहरा कपड़े से ढँका हुआ है।)

शान्ता : किसन...

किसन : तू पीछे हट माँ, कौन हो तुम लोग?

बशीर : हमें नहीं जानता?

किसन : कैसे जानूँगा चोरों की तरह मुँह जो ढँके रहते हो।

आतंकवादी-2 : अच्छा साले तू तो बड़ा शाह है! काफ़िर...!

(किसन पर झपटता है। छीनाझपटी में चेहरे से कपड़ा हट जाता है)

किसन : बशीर तू?

बशीर : बशीर नहीं तेरी मौत।

(दोनों आतंकवादी किसन को मारते हैं)

शान्ता : छोड़ दो मेरे बेटे को। इसने क्या बिगाड़ा है तुम्हारा...

यावर : पीछे हट।

(कहकर शान्ता को धक्का देते हैं। शान्ता रोती-चिल्लाती बाहर

मदद के लिए भागती है। नेपथ्य से शान्ता की आवाज़ लगातार आती रहती है...कोई है, मेरे बेटे को बचा लो...)

किसन : सालो मर्द हो तो बिना हथियार के लड़ो।

बशीर : बता तेरा अफसर कब छुट्टी से आ रहा है?

किसन : मुझे नहीं मालूम...

यावर : नहीं मालूम? ये ऐसे नहीं मानेगा, मार गोली साले को...

किसन : आह...*(आतंकवादी किसन को गोली मार देते हैं और किसन की लाश पर थूक कर)*

यावर : खाकी वर्दी वाला कुत्ता! थू...

(किसन की चीख सुनकर शान्ता बदहवास-सी अंदर आती है और आतंकवादियों से भिड़ जाती है)

शान्ता : तुमने मेरे बेटे को मार दिया...तुमने मेरे बेटे को मार दिया...मैं तुझे ज़िंदा नहीं छोड़ूँगी। *(आतंकवादी धक्का देकर उसे नीचे गिरा देते हैं, शान्ता घिसटती हुई किसन के लाश के पास जाती है और ज़ोर-ज़ोर से रोती है)*

शान्ता : किसन...मेरे बेटे...*(फ्लैश बैक ख़त्म)*

शान्ता : क्या ख़ता थी मेरे बेटे की। उसको क्या पता कि कौन-सा अफ़सर कब आनेवाला है। मेरा बेटा कहाँ का बड़ा लीडर था। खाकी वर्दी तो उसका रोजगार थी। *(रोती है)* महाराज ओ महाराज...

अमीना : और मेरा बेटा? सोलह साल का था, पढ़ता था। एक दिन वो लोग आ गए और कहने लगे आरिफ़ को ले जाएँगे *(फ्लैश बैक शुरू)*

(आरिफ़ हाथ में पतंग लिए दौड़ता हुआ आता है)

आरिफ : मोयजी! मोयजी! मोयजी वो लोग मुझे क्यों ले जाना चाहते हैं? मैं नहीं जाना चाहता, मैं नहीं जाना चाहता।

अमीना : चाहती तो मैं भी नहीं हूँ बेटा। गई तो थी कॉरपोरेटर साहब के पास पर वो भी उन लोगों से मिला हुआ है। कहाँ ले जाऊँ तुझे कहाँ छुपाऊँ?

आरिफ : मोयजी मुझे बचालो मोयजी!

अमीना : शीऽऽऽ धीरे बोल मैंने गनी चक्की वाले से कुछ पैसे माँगे हैं। वो शाम तक दे देगा। अँधेरा होते ही हम जंगल के रास्ते निकल चलेंगे। **(तभी दो आतंकवादी आते हैं, अमीना सहम जाती है और आरिफ़ को पीछे छुपाती है)**

पवन उत्तम और शिवानी टंकसले

शीरीन कोतवाल एवं कजरी बब्बर

यावर : क्या अमीनाबी गनी चक्की वाले से पैसे क्यों माँग रही थी? भागने का इरादा है क्या?

अमीना : नहीं-नहीं भागूँगी कहाँ? मैं तो इसको खुद ही आपके पास लाने वाली थी।

यावर : अच्छा तो इसे पीछे क्यों छुपा रही हो?

बशीर : खुदा की खिदमत करने से डरता है। चलबे।

(बशीर आरिफ़ की पतंग फाड़ कर फेंकता है और हाथ पकड़कर खींचता है।)

अमीना : इसको अभी यहीं रहने दो अभी तो ये 16 साल का भी नहीं हुआ है। 10वीं का इम्तहान देने वाला है।

बशीर : दसवीं पास कराके इसे पुलिस कमिश्नर बनाएगी।

अमीना : नहीं-नहीं इसके बाद मैं इसे आपके पास भेज दूँगी।

यावर : हरामज़ादी झूठी! जैसे हमें मालूम नहीं कि आज रात को तू भागने वाली थी। बोल इसे यहीं गोली मार दें।

अमीना : नहींऽऽऽ

(यावर आरिफ़ को थप्पड़ मारते हुए)

यावर : बोल के फॉर काफ़िर

आरिफ : के...के...फॉर काफ़िर...

यावर : ऐसे नहीं ज़ोर से बोल!

आरिफ : के फॉर काफ़िर...

बशीर : बोल अल्लाहु अक़बर।

आरिफ : अल्लाहु अक़बर...

(यावर आरिफ को घसीटता हुआ ले जाता है। आरिफ़ मोयजी मोयजी चिल्लाता है, अमीना आरिफ आरिफ चिल्लाकर निढाल होकर गिर जाती है और ज़ोर-ज़ोर से रोती है।)

(फ्लैश बैक खत्म)

अमीना : तब से आज आठ साल हो गए। उसकी कोई ख़बर नहीं, पता नहीं मेरा बेटा कहाँ होगा किस हाल में होगा? तुम्हें इस बात की तसल्ली तो होगी कि तुम्हारा बेटा अब ईश्वर की पनाह में है, मुझे तो वो भी नहीं...। मैं रोज़ उसके आने का इंतज़ार करती हूँ और उसके मरने का मातम भी...! कहते थे कि तेरे बेटे को जेहाद के लिए ले जा रहे हैं। क्या एक माँ की गोद उजाड़ देने का नाम

जेहाद है? जेहाद का मतलब होता है मजलूमो के हक़ के लिए लड़ना...यह जेहाद नहीं...यह जेहाद नहीं...

(अमीना और शान्ता दोनों फूट-फूट कर रोती हैं। रोशनी धीरे-धीरे मद्धिम होती है। 6 या 7 लड़कियों का कोरस हाथों में दीये लिए गाते हुए आता है...)

कोरस : आऽऽऽ आऽऽऽ आऽऽऽ आऽऽऽ
घर का दीपक ले गए, सुनी ना इक फ़रियाद 2
सूनी माँ की गोद है, क्या यही है जिहाद...।

(गाते हुए कोरस बाहर निकल जाता है। मंच पर धीरे-धीरे अँधेरा...)

दूसरा दृश्य

(जम्मू के रिलीफ कैंप का दृश्य)

क्लर्क-1 : तुम बात को समझते क्यों नहीं।

नंदकिशोर : मैं आपकी बात समझ रहा हूँ। पर आप भी तो मेरी बात समझिए। अब वो हमारे साथ आ ही गई है तो अब हम क्या करें? हमें लाना पड़ा उसे।

क्लर्क-1 : कैसी बच्चों जैसी बातें करतें हो। आपको रहने के लिए जो हम टेंट देंगे। आप उसमें अपनी गाय को भी रखेंगे।

नंदकिशोर : जब हम आपसे कह रहे हैं कि हमें अपनी गाय के लिए एक्स्ट्रा टेंट नहीं चाहिए। इसके बाँधने के लिए थोड़ी-सी जगह...

क्लर्क-1 : भैया तुम लोग रिफ़्यूजी हो रिफ़्यूजी शरणार्थी कितनी बार समझाए। तुम लोग तो ऐसे फैल रहे हो जैसे के तुम यहाँ के मालिक हो।

क्लर्क-2 : क्या यार तुम लोग भी अपनी जान का ठिकाना नहीं गाय भी साथ लेकर आ गए।

लक्ष्मी : हम खुद भी नहीं लाना चाहते थे गौरी को हमने तो उसे वही छोड़कर आना था ईश्वर के भरोसे लेकिन रात को जैसे ही हमारा ट्रक चला गौरी रोती चिल्लाती ट्रक के सामने आकर खड़ी हो गई।

क्लर्क : अरे माता जी तो उसे बाँध देतीं।

लक्ष्मी : बाँध देती तो वो खाना ढूँढ़ने बाहर कैसे जाती जब वो हमारा घर जलाते तो अपनी जान कैसे बचाती। आप लोग जो जगह देंगे

हम उसी में गुज़र कर लेंगे। मैं गौरी को कही बाहर बाँध दूँगी और खुद भी वहीं सो लूँगी।

क्लर्क-1 : ठीक है। हम तुम्हारी गाय को बाँधने के लिए अलग से जगह दे देंगे। लेकिन तुम्हें उसका पैसा भरना पड़ेगा।

नंदकिशोर : पैसा? पैसा कहाँ है हमारे पास जो कुछ दो-तीन हजार था वो यहाँ आने तक खर्च हो गए।

क्लर्क-1 : फिर तो कुछ नहीं हो सकता चलो जाओ।

नंदकिशोर : देखा मोयजी मैंने कितनी बार कहा था लेकिन तुम हो कि...बताओ अब क्या करें?

लक्ष्मी : मुझे माफ कर दें। मैं गौरी को वहाँ नहीं छोड़ सकती।

(लक्ष्मी हाथ की चूड़ियाँ उतारकर क्लर्क को देती है।)

क्लर्क-1 : इन चूड़ियों का हम क्या करेंगे। चलो उठाओ इन्हें... *(नंदकिशोर गुस्से से चूड़ियाँ उठा लेता है।) (क्लर्क फार्म देकर)* कितने लोग हो तुम इसमें सबके नाम लिखो और साइन करो।

(नंदकिशोर फार्म भरकर क्लर्क को देता है)

क्लर्क-2 : ये दो फार्म क्यों?

नंदकिशोर : दरअसल ये लड़की हमारे परिवार की नहीं है।

क्लर्क-2 : तो तुम लोग इसे अपने साथ क्यों ले आए।

नंदकिशोर : *(गुस्से में)* हमारे गाँव की है। पास वाले घर में रहती थी।

क्लर्क : नाम क्या है इसका?

राजेश : सुमन

क्लर्क-2 : इसके माँ-बाप?

राजेश : नहीं हैं।

क्लर्क-2 : क्या मतलब?

राजेश : आतंकवादियों ने इसके बाप को इसकी आँखों के सामने गोली मार दी और इसकी माँ के साथ...

(फ्लैश बैक शुरू)

(सुमन का घर, सुमन गुड़िया लिए खेल रही है)

सुमन : तू अपनी आँखें *(झपझपाकर)* ऐसे-ऐसे मत कर...तुझे गाना सुनना है तो सुन...

हुकुस, बुअकुस, तेलिवन, चुअकुस
ओनुम बलुख, लोहुय देगि

शाहस खिश खिश वॉगमय
ब्रमह शारश पोइन्य शोककुम
टे किस मे किस
टेखा-2
टेखा-टेखा-
टेखा

(हड़बड़ाई हुई कमला आती है।)

कमला : इतने बड़े गट्ठर में क्या बाँध लिया तूने।

सुमन : इसमें मेरी गुड़िया और खिलौने हैं।

कमला : इतना बड़ा गट्ठर लेकर हम कैसे जाएँगे बेटा पहले ही बहुत सारा सामान है।

सुमन : मैं इसे खुद उठा लूँगी।

कमला : खुद से ठीक से चला नहीं जाता, इतना बड़ा गट्ठर लेकर जाएगी?

सुमन : नहीं मैं तो इसे लेकर ही जाऊँगी।

कमला : *(गुस्से में धक्का मारती है।)* तो ले मर...।

(रोने लगती है।)

अब मैं इसे कैसे समझाऊँ...। बेटा घर को देखने वाला भी तो कोई चाहिए। जब हम लौटकर आएगे तो तेरी गुड़िया दरवाज़ा खोलेगी हमारे लिए खाना पका के रखेगी।

(बाहर कुछ हलचल होती है। और कुछ आवाज़ें सुनाई देती हैं।)

व्यक्ति-1 : हटो मेरे रास्ते से मुझे घर जाने दो।

आतंकवादी-1 : साले तुझे पर्ची भेजी थी घर क्यों नहीं खाली किया अब तक?

आतंकवादी-2 : 24 घंटे का नोटिस दिया था तेरे को?

व्यक्ति : क्यों जाऊँ अपना घर छोड़कर।

सुमन : अम्माँ ये तो बाबा की आवाज है।

(कमला सुमन को चुप होने का इशारा करती है।)

आतंकवादी-1 : तो ऐसा कर पंडितानी को यहीं छोड़ जा।

व्यक्ति : साले कमीने हरामजादे मैं तुझे...

(मारपीट छीनाझपटी की आवाजें सुनाई देती हैं।)

आतंकवादी-2 : ये ऐसे नहीं मानेगा मार गोली साले को।

(गोली चलने के साथ एक जोरदार चीख सुनाई देती है।)

व्यक्ति : कमला भाग...। भाग कमला भाग...

सुमन : अम्माँ बाबा को मार दिया अम्माँ बाबा को मार दिया। *(कमला सुमन को बोरियों के पीछे छुपाती है।)*

(दोनों आतंकवादी अंदर आते हैं।)

कमला : आगे मत बढ़ना...मैं कहती हूँ आगे मत बढ़ना...दोनों आतंकवादी कमला को दबोच लेते हैं। सुमन फटी आँखों से सब देखती रहती है।

(फ्लैश बैक ख़त्म)

क्लर्क : इसके घर का कोई कागज़ या सर्टीफिकेट हैं?

राजेश : नहीं है।

क्लर्क-2 : नहीं है तो अलग से कोई टेंट नहीं मिलेगा। एक में ही गुजारा करना होगा ये लो टेंट नं. 256।

क्लर्क-1 : इन शरणार्थियों का कोई भरोसा नहीं पता नहीं किसकी लड़की साथ में ले आए। मैं इस लड़की से पूछता हूँ।...एक मिनट...ठहरो!! मुझे इस लड़की से कुछ पूछना है।

लक्ष्मी : इससे आप क्या पूछेंगे इसे न तो कुछ सुनाई देता है। न समझ में आता है।

क्लर्क1 : तुम पीछे हटो मैं बात करता हूँ। हटो!! *(लड़की से)* सुमन... सुमन...सुमन...।

राजेश : क्या बात है? क्यों परेशान कर रहे हैं! हम क्या आपसे झूठ बोल रहे हैं।

क्लर्क-1 : इनक्वायरी कर रहे हैं।

राजेश : ऐसे की जाती है इनक्वायरी...। ...और ये शरणार्थी-शरणार्थी क्या होता है। अपने ही देश में हम शरणार्थी हो गए? एक तो घर से बेघर हो गए। ऊपर से तुम लोग कुत्तों की तरह दुत्कारो।

क्लर्क-1 : ठीक है, ठीक है, चलो जाओ।

राजेश : जा रहे हैं जा रहे हैं। ज्यादा बोलने की जरूरत नहीं है।

(मंच पर रोशनी मद्धिम हो जाता है। कोरस फिर गाते हुए आता है।)

कोरस : उनसे है कुट्टी मेरी गए जो रोता छोड़
मेरी गुड़िया छीन ली दिए खिलौने तोड़।
आऽऽ आऽऽ आऽऽ आऽऽ

(मंच पर अँधेरा)

तीसरा दृश्य

(धीरे-धीरे प्रकाश आता है जम्मू के रिलीफ कैम्प में डॉ. दूदा के क्लीनिक का दृश्य।)

डॉ. दूदा : तू ये किताब लिखकर क्या करेगा? तुझे क्या चाहिए पद्मश्री?

हरिकौल : सबको मालूम होना चाहिए कि...

डॉ. दूदा : किसको नहीं है मालूम। पिछले 12 सालों से लाखों कश्मीरी इधर-उधर भटक रहे हैं। तू दुनिया को ये बताना चाहता है कि कश्मीर में कितने हिंदू मरे?

हरिकौल : कश्मीर में मुसलमान नहीं मरे? ये हिंदू और मुसलमान की बात नहीं है। मैं ये किताब लिखकर देशवासियों को बताना चाहता हूँ कि जिस आग को वो अपने से दूर समझ रहे हैं वो किसी भी वक़्त उनके घर को भी जलाकर राख कर देगी।

डॉ. दूदा : आग...आग...***(सम्भलकर)*** अरे सुमन बेटा...अब कैसी तबीयत है।

सुमन : ठीक है।

डॉ. दूदा : ठीक है मुँह खोलो आ...आ...

सुमन : आ...

डॉ. दूदा : इसका नींद में उठकर बड़बड़ाना बंद हुआ?

लक्ष्मी : नहीं?

डॉ. दूदा : ये दवा लिख देता हूँ, दिन में दो बार खिला देना। देखता हूँ शायद ये गोलियाँ मेरे पास हों...हाँ ये रही...। वैसे ये गोलियाँ इसका इलाज नहीं हैं। इसका इलाज है, इसे खुश रखना।

हरि. : इन गोलियों को देखकर मुझे गिरजा भाभी की याद आती है। वो भी इसी तरह विटमिन की गोलियाँ बाँटा करती थीं। भाभी Gynacologist थीं न।

डॉ. दूदा : हाँ वो मुझसे अच्छी डॉक्टर थीं पूरे इलाके में उसका नाम हो गया था। पर धीरे-धीरे आबोहवा बदलने लगी। यहाँ तक कि एक दिन हमारे घर भी एक चिट्ठी आ गई...

(फ्लैश बैक शुरू)

(डॉ. दूदा के घर का दृश्य)

इदा : किसकी चिट्ठी है।

गिरजा : कुछ पागलों की।

दूदा : क्या लिखा है?

गिरजा : दो दिन के अंदर ये घर खाली कर दो और ये गाँव छोड़कर निकल जाओ नहीं तो नतीजा अच्छा नहीं होगा। मेरे हाथों पैदा हुए मेरी गोद में आँखें खोलीं और मुझे गाँव से निकालेंगे। किसकी हिम्मत है जो मुझे गाँव से निकाले। सामने आओ जिसने ये चिट्ठी लिखी है। मेरे हाथों से इस गाँव की तीन पुश्तें पैदा हुई हैं। मेरे सामने पैदा हुए बच्चे मुझे ऐसी चिट्ठी लिखेंगे, मुझे गाँव से निकालेंगे। मुझे गाँव से..।

दूदा : गिरजा...गिरजा होश में आओ। हमें उन लोगों की बात मान लेनी चाहिए। माहौल ठीक नहीं है।

गिरजा : नहीं मैं ये घर छोड़कर नहीं जाऊँगी।

दूदा : तुम समझती क्यों नहीं कल को कुछ हो गया तो?

गिरजा : मैं सुबह गाँव के बड़े-बुजुर्गों को इकट्ठा करूँगी और कहूँगी कि मेरा कसूर क्या है। मैंने इतने दिनों से इस गाँव के सेवा की...मैं भी शहर जाकर क्लीनिक खोल सकती थी। लाखों कमा सकती थी। लेकिन मैंने इस गाँव के लोगों की सेवा करना अपना फ़र्ज़ समझा और उसका ये सिला...उसका ये सिला.... *(गिरजा रोने लगती है धीरे-धीरे अँधेरा होता है फिर प्रकाश आने पर...)*

गिरजा : क्लीनिक में कुछ दवाएँ ख़त्म हो गई हैं। अगर आपकी तबीयत ठीक हो तो शहर से कुछ दवाएँ ला दीजिए।

दूदा : रहने दे गिरजा गाँव में इतना सब कुछ...फिर भी। कुछ दिनों के लिए क्लीनिक बंद कर दे। मैं काफ़ी दिनों से देख रहा हूँ तेरी तबीयत भी ठीक नहीं रहती उस दिन से तू काफ़ी परेशान है।

गिरजा : मैं कहाँ परेशान हूँ। मैं बिलकुल परेशान नहीं हूँ। अरे ये तो मेरे बच्चे हैं भटक गए हैं। धीरे-धीरे सब ठीक हो जाएगा।

दूदा : ठीक है तुम दवाएँ लिख दो। (मंच पर अँधेरा छा जाता है फिर धीरे-धीरे प्रकाश आता है।*)*

(गिरजा बार-बार घड़ी देखती है। तभी एक पत्थर अंदर गिरता है।)

गिरजा : *(घबराकर)* कौन है?

आतंकवादी-1 : निकाल बाहर करो इसे। इसने मुसलमान औरतों के एवोर्शन किए हैं। उन्हें इस लायक नहीं छोड़ा की वो माँ बन सके। ये हत्यारिन है। डायन है। चुड़ैल है।

आतंकवादी-2 : डॉक्टरनी खोल दरवाज़ा। दरवाज़ा खोल नहीं तो तेरे घर को आग लगा देंगे...लगा दो आग साली के घर को...*(आतंकवादी गिरजा के घर को आग लगा देते हैं। गिरजा मदद के लिए चिखती चिल्लाती है। अंधेरा होता है। फ्लैश बैक ख़त्म। धीरे-धीरे प्रकाश आता है।)*

दूदा : जब मैं घर पहुँचा तो पूरा घर जल चुका था और गिरजा की लाश डॉक्टर वाली टेबल पर पड़ी थी।

(डॉ. दूदा रोने लगते हैं। सुमन आकर उनके कंधे पर हाथ रखती है। डॉ. दूदा रोते हुए उसे गले लगा लेते हैं।)

दूदा : अरे सुमन बेटा!! *(आँसू छुपाते हुए)* ये लो हँसने वाली गोली इसे खाकर मेरी सुमन बेटी हँसने लगेगी मुँह खोलो...*(सुमन डॉ. दूदा के हाथ से गोली लेकर उनके मुँह में डाल देती है। डॉ. दूदा उसे रोते हुए गले लगाते हैं।)*

(मंच पर अँधेरा छा जाता है।)

चौथा दृश्य

(धीरे-धीरे प्रकाश आता है रिलीफ कैम्प में हरि कौल...)

हरि. : ये जागरण के ऑफिस में सेकेंड फ्लोर पर बट साहब को दे देना। बट साहब को जानते हो न?

राजेश : जी हाँ। आपने कई बार भेजा है मुझे वहाँ।...ये वाली कविता नहीं दे रहे।

हरि. : अभी इसे फेयर नहीं किया है।

(राजेशे जाता है। हरि कौल कविता पढ़ते हैं।)

हरि. : भय मुक्त...

घर के अंदर भी ख़तरा था
घर के बाहर भी था जोखिम
उन्होंने खाया तरस हमारी हालत पर
और एक-एक कर फूँक डाले हमारे घर
अब न अंदर ख़तरा है
और न बाहर जोखिम...

सुमन : ये देखिए...

हरि. : अरे वाह क्या बनाया है? ये तो सुमन है और ये... *(राजेश दौड़ता हुआ आता है)*

राजेश : आपसे मिलने कोई मुहम्मद अली आया है। मैं उसे बाहर गली के नुक्कड़ पर बिठा के आया हूँ।

हरि. : बाहर क्यों?

राजेश : सोचा कोई...

हरि. : डरो नहीं बेटा डरो नहीं...। लानत है ऐसे हालात पर कि हिंदू को मुसलमान से और मुसलमान को हिंदू के नाम से डर लगने लगे।

राजेश : मुझे लगा कि कहीं...

हरि. : कोई बात नहीं...वो मेरे बचपन का दोस्त है। हम लोग एक ही घर में पले थे। मुहम्मद अली का पूरा ख़ानदान हमारी खेतीबाड़ी और बाग़ों की देखभाल करता था। फिर वो फ़ौज में भर्ती हो गया लेकिन पैर में चोट लगने के कारण जल्दी ही रिटायरमेंट ले ली। हमने भागते वक़्त अपनी सारी खेती, ज़मीन-जायदाद मु. अली के हवाले कर दी थी।

राजेश : इतना भरोसा था आपको उस पर?

हरि. : हाँ वो हमारे भाई की तरह था। जाओ ले आओ उसे...। डरो मत...जाओ...।

(राजेश जाता है। और मु. अली को साथ लेकर आता है।)

मु. अली : साहब जी...साहब जी...*(कहकर मु. अली हरि कौल के गले मिलता है।)*

हरि. : बैठो मु. अली बैठो...।

मु. अली : आपको बहुत ढूँढ़ा साहब जी...बहुत ढूँढ़ा अभी कुछ दिनों पहले ख़बर मिली कि आप दिल्ली में हैं। फिर पता चला कि आप लुधियाने में हैं। बड़ी मुश्किल से यहाँ का पता मिला...।

हरि. : और कैसे हो मु. अली।

मु. अली : देख लो साहब ज़िंदा हूँ।

(राजेश की नजर मु. अली के थैले पर पड़ती है जो एक तरफ कोने में पड़ा है।)

राजेश : कौल साहब...ये थैला...?

मु. अली : डरो मत...इसमें सेब हैं। *(उठाकर हरिकौल को देता है।)* साब जी आपके बाग का सेब...।

हरि. : हमारे बाग का सेब...लो सुमन बेटा खाओ...

मु. अली : साब जी आपके पिताजी के बारे में सुना बहुत दुख हुआ। क्या हुआ था साब जी।

हरि कौल : होना क्या था मु. अली। यहाँ के कैंपों की घुटन में उनको टी.बी. हो गई थी। डॉक्टर बोलते थे उनको ठंडी हवा की जरूरत है। अब मैं उनके लिए चिनारों की हवा कहाँ से लाता? *(मु. अली रोता है)*

मु. अली : क्या करें साहब जी। हँसता-खेलता हमारा वतन कैसा उजाड़ दिया।

राजेश : तुम्हारा क्या उजड़ गया, तुम तो अभी भी बसे हुए हो। उजड़े तो हम हैं।

मु. अली : हम बसे हुए हैं। साहब जी हम बसे हुए हैं?

राजेश : बसे मतलब वहाँ रहते तो हो? अपनी जगह ज़मीन पे तो हो?...हम लोग तो कभी वहाँ जा भी नहीं सकते...।

हरि. : राजेश...। *(राजेश चुप होकर बाहर निकल जाता है।)* और मु. अली कोई ख़ास वजह जो तुम मुझे इतना ढूँढ़ रहे थे।

मु. अली : हाँ साब जी। ये लीजिए आपकी ज़मीन-जायदाद के सब कागज़ात। अब मैं इसकी ज़िम्मेदारी नहीं उठा सकता। साब जी हालात बद से बदतर हो गए हैं।

हरि. : मैं इन्हें रखकर क्या करूँगा? तुम्हें इन्हें बेच दो और जो भी पैसे मिलें...।

मु. अली : नहीं साहब जी। ये तो अब आप ही रखो। अपने रसूख से या सरकारी तरीके से कुछ हो सकता है तो करवा लो। मैं अब ये ज़िम्मेदारी नहीं सँभाल पाऊँगा।

हरि. : अच्छा ठीक है तुम परेशान मत हो। छोड़ो ये सब। बताओ शौकत कैसा है? *(मुं अली को जैसे करारा धक्का लगता है।)*

मु. अली : शौकत...। शौकत एक दिन गायब हो गया। फिर एक दिन सुनने में आया कि वो पाकिस्तान चला गया।

हरि. : तो क्या वो वहाँ से लौटा नहीं?

मु. अली : लौटा साब जी।...एक रात वो अचानक लौट आया...

(फ्लैश बैक शुरू)

(मु. अली के घर का दृश्य)

शौकत की माँ : छह महीने हो गए शौकत का कुछ पता नहीं और आप है कि

आपको कोई फ़िक्र ही नहीं।

मु. अली : हमको फ़िक्र नहीं...हमको फ़िक्र नहीं। मैं रात-दिन उसके लिए...*(अचानक शौकत आता है।)*

शौकत की माँ : शौकत...। शौकत मेरा बेटा *(शौकत को गले लगाती है।)* *(चौंककर)* शौकत ये तेरे हाथ में क्या है?

शौकत : कुछ नहीं माँ...। तुम पीछे हटो।

(शौकत की माँ कंबल में ढँकी मशीनगन को देख लेती है।)

शौकत की माँ : शौकत तू...

शौकत : हाँ, मैं ख़ुदा की फ़ौज का सिपाही हूँ। और...अब मैं पीछे नहीं हट सकता...।

मु. अली : और तू भूल गया कि तेरा बाप हिंदुस्तान की फ़ौज का सिपाही था।

शौकत : वो कौल साहब की ज़मीन का कागज़ किधर है वो हमें चाहिए हम लोगों को पैसों की ज़रूरत है।

मु. अली : पता है कौल साहब के हमारे ऊपर कितने अहसान है। जब तू पैदा हो रहा था, तो तेरी माँ के बदन में ज़हर फैल गया था। मैं तो था नहीं घर में, दिल्ली गया हुआ था ड्यूटी पर...। वो और उनकी बीवी अपनी गाड़ी में डालकर ले गए उसे शहर...तब तू पैदा हुआ...। मालूम है, कौल साहब के पिताजी घर टूटने के ग़म में जम्मू के रिलीफ़ कैंप में मर गए।

शौकत : खुशक़िस्मत थे जो मर गए। वहाँ कम से कम अपनी मौत तो मरे...।

शौ. की माँ : शौकत...शौकत बेटा जिस रास्ते पर तू चल रहा है उसमें सिवाए तबाही के और कुछ भी नहीं है।

शौकत : मैं थोड़ी देर के लिए घर आया हूँ। मुझे ये कुफ्र की बातें मत सिखाया करो। नहीं तो...? *(मु. अली दृढ़ता से)*

मु. अली : तो तेरा ये आख़िरी फ़ैसला है।

शौकत : हाँ...

मु. अली : ठीक है।

(मंच पर अँधेरा...)

(धीरे-धीरे प्रकाश आता है। आर्मी हेडक्वाटर का दृश्य)

मेजर : ये तुम्हारा कार्ड है।

मं. अली : जी सर...

मेजर : उसके साथ और कौन-कौन होता है।

मु. अली : कई लड़के हैं सर...

मेजर : आज वो घर पर आएगा?

मु. अली : हाँ सर... वो अपनी माँ को खाना बनाने के लिए बोल गया है।

मेजर : मु. अली तुम्हारा एक ही लड़का है?

मु. अली : हाँ सर...। एक और था बड़ा। एक दिन बाज़ार से आ रहा था। पुलिस की क्रास फायरिंग में मारा गया।...अच्छा सर चलता हूँ गाँव में किसी को शक ना हो जाए।...जयहिन्द सर!

मेजर : जयहिन्द मु. अली।

(मंच पर अँधेरा)

(अँधेरे में आवाज़ सुनाई देती है। शौकत अली मिलिट्री ने तुम्हें चारों तरफ से घेर लिया है। तुम अपने आपको हमारे हवाले कर दो नहीं तो हमें फायरिंग करनी पड़ेगी। एक-दो-तीन...फायर फायरिंग होती है और...एक ज़ोरदार चीख उभरती है।)

(फ्लैश बैक खत्म)

(धीरे-धीरे प्रकाश आता है।)

हरि. : मुहमद अली हौसला रखो...सब ठीक...हो जाएगा।

मु. अली : नहीं साब जी मैं ठीक हूँ। मैं तो आपसे माफ़ी माँगने आया हूँ।

हरि. : माफ़ी किस बात की?

मु. अली : यही कि हमारी क़ौम के कुछ सिरफिरे लोगों की वजह से आप लोगों को...आपके पिताजी मौत की ख़बर सुनकर तो...

हरि. : नहीं मु. अली में किसी कौम या धर्म की लड़ाई नहीं है। ये तो दुकानदारी है। राजनेताओं की, कुछ लोगों की वहाँ चल रही हैं। कुछ की यहाँ भी...और तुम क्यों शर्मिंदा होते हो मैंने बाप खोया है तुमने तो बेटा खोया है। तुम इस देश के सच्चे सिपाही हो।

मु. अली : आपने इतना कहा तो लगा जैसे मेरे इस दिल से एक भारी बोझ हट गया आज मैं बरसों बाद अच्छी नींद सो सकूँगा। अच्छा साब जी चलता हूँ।

हरि. : मु. अली एक बार गले और मिल लो पता नहीं फिर मौका मिले ना मिले। *(दोनों गले मिलते हैं।)* चलो में तुम्हें बस अड्डे तक छोड़ देता हूँ। चलो सुमन...।

सुमन : आप दोनों बचपन के दोस्त हैं।

दोनों : हाँ।

सुमन : आप दोनों हुक्कुस बुक्कुस खेलते थे।

मु. अली : अरे हुक्कुस बुक्कुस ये हमारा कश्मीरी नगमा है। तुमको आता है। आजकल कश्मीर में ये सब गाना कोई बोलता ही नहीं हमारी अपनी कश्मीरी ज़बान ही ख़त्म होती जा रही है। सच कहते हैं साब जी किसी क़ौम को ख़त्म करना हो तो उसे मारने की ज़रूरत नहीं है क़ौम की ज़बान ख़त्म कर दो क़ौम अपने आप मर जाएगी। अच्छा बेटा हमें वो गाना तो सुनाओ।

सुमन : हुकुस बुअकुस तेलिवन चुअकुस

दोनों : हुकुस बुअकुस तेलिवन चुअकुस

सुमन : ओनुम बतुख लोडुम देगि

दोनों : ओणुम बतुख लोडुम देगि

सुमन : ओणुम बतुख लोडुम देगि नहीं
ओणुम बतुख लोडुम देगि

दोनों : ओणुम बतुख लोडुम देगि

सुमन : शाहस खिश-खिश वांगमय

दोनों : शाहस शिख-शिख वांगमय...

(मंच पर धीरे-धीरे अँधेरा छा जाता है।)

पाँचवाँ दृश्य

(धीरे-धीरे रोशनी आती है दरगाह का दृश्य वादक हारमोनियम ढोलक के साथ बैठे हैं। धूप अगरबत्तियाँ जल रही हैं।)

नुन्द ऋषि : शिव हैं कण-कण में करता वास
क्यों करते हो भेद
ये हिंदू ये मुसलमान
हो आलिम तो खुद को पहचान
यही साहिब से तेरा मिलन
सुमन...

सुमन : नुन्द ऋषि शेखुल आलम...?

नुन्द : शेखुल आलम? ये किसने सिखा दिया तुम्हें?

सुमन : मेरी माँ ने...वो आपकी पूजा किया करती थी।

नुन्द : हाँ। मुझे मालूम है। तुम्हारी माँ और बाबा को छोटी-सी एक गुड़िया चाहिए थी। इसीलिए वो मेरे पास आए थे। मेरी मज़ार के दरीचों में धागा बाँध कर गए थे।

सुमन : और फिर आपकी वजह से मैं पैदा हुई। है न...?

नुन्द : *(हँसकर)* नहीं बेटे मेरी वजह से नहीं, तुम तो उस परवरदिगार की मेहरबानी से पैदा हुई थीं। मैने तो सिर्फ उससे कहा था कि इनको एक गुड़िया की जरूरत है तो उसने ने मेरी बात सुनके तुम्हारे अम्माँ बाबा को एक प्यारी-सी शहजादी भेज दी...।

सुमन : कौन मैं न?

नुन्द : *(हँसकर)* हाँ तुम...।

सुमन : मालूम है मेरी माँ प्यार से मुझे कभी-कभी नुन्दिया की देन भी कहती थी।

नुन्द : हम सब किसी न किसी की देन या मेहरबानी से ही होते हैं बेटा।

सुमन : आपकी माँ ने भी आपको माँगा था किसी से।

नुन्द : हाँ बेटा।

सुमन : मेरी माँ ने आपकी कहानी सुनाई थी, फिर से सुनाइए ना मैं भूल गई।

नुन्द : *(हँसकर)* अच्छा सुनो। मेरी माँ का नाम था स्वद्रमज। जब मैं पैदा हुआ तो मैंने अपनी माँ का दूध नहीं पिया मेरी माँ बहुत परेशान हुई और मुझे लेकर ललद्यत के पास गई...।

सुमन : ललद्यत?

नुन्द : हाँ ललद्यत। ललद्यत बहुत बड़ी सूफी पीर और शायरा थी। मेरी माँ ने मुझे उनकी गोद में डाल दिया और कहा साहिबा लली शरीफ ये दूध नहीं पीता। ललद्यत ने मेरा चेहरा देखा और कहा, "पैदा होने में नहीं शरमाया तो दूध पीने में क्यों शरमाता है?" और फिर मुझे अपनी छाती से दूध पिलाया। वो दूध ही मेरी रगों में ख़ून बनकर दौड़ता रहा। वो ही कश्मीरियत है वो ही कश्मीर की विरासत है।

सुमन : फिर आप बड़े हुए और आपने सबको प्यार करना सिखाया...।

नुन्द : मेरा एक ही मजहब था मुहब्बत। सब मुझसे प्यार करते थे। और मैं सबसे प्यार करता था।

अविन्दर और कजरी

नादिरा बब्बर और कजरी बब्बर

सुमन : मेरे बाबा आपको अलमदारे कश्मीर भी कहते थे कुछ और भी कहते थे रि...रि...रि...

नुन्द : ऋषि पीर...।

सुमन : हाँ। कहते थे पूरी दुनिया मे एक ही ऋषि पीर है।

नुन्द : हाँ ऋषि पीर। वो ही तो है कश्मीरियत। जो ये नादान ख़तम कर रहे हैं वो ऋषि और पीर को दो हिस्सों में बाँट देना चाहते हैं। जब वो मुझे अलग नहीं कर सके तो उन्होंने चरारे शरीफ को ही जला दिया।

सुमन : ...मुझे याद है जब चरारे शरीफ जला था तब हमारे घर में खाना नही पका था। मेरी अम्माँ तो बहुत रोई थीं।

नुन्द : चरारे शरीफ जला के उन्होंने समझा कि उन्होंने उस मुहब्बत को जला दिया जो कश्मीरियों के दिल में एक-दूसरे के लिए थी।

सुमन : चरारे शरीफ जलने के बाद अब आप कहाँ रहते हैं?

नुन्द : मैं कश्मीर के बहते हुए आँसुओं में रहता हूँ। मैं दहशत के साए में जीने वाले लोगों की धड़कनों में रहता हूँ। मैं उजड़े हुए कश्मीरियों की सुनसान आँखों में रहता हूँ।

सुमन : मुझे आप से कुछ माँगना है। लेकिन मेरे पास धागा नहीं रूमाल बाँध दूँ?

नुन्द : हाँ बाँध दो।

(सुमन अपना रूमाल नुन्द ऋषि के कलाई पर बाँधती है।)

नुन्द : बोलो क्या चाहती हो?

सुमन : मेरे अम्माँ और बाबा। उनको आप ला सकते हो?

नुन्द : वो तो बहुत बड़ी जगह चले गए हैं बेटे अपने परवरदिगार के पास और वहाँ तो उसकी अज़मत के शरण में हैं वहाँ से कौन आ सकता है वहाँ से तो सिर्फ़ हुक्म आता है। देख मैं आया न तेरे पास। बेटा...मैं...

सुमन : नहीं ला सकते...? अच्छा तो **(रोने लगती है)** आप ये सब कुछ ठीक कर सकते हो?

नुन्द : ये सब तो ठीक हो जाएगा बेटे तू रो मत...नफ़रत कभी नहीं जीतती हमेशा मुहब्बत की जीत होती है। तुम देखना एक दिन ऐसा आएगा कि ये नफ़रत की आंधी मुहब्बत की ठंडी हवाओं में बदल जाएगी। परदेशी घर लौट आएँगे। जाफ़रान के खेत फिर से महक उठेंगे।

चिनारों की घनी छाँव के नीचे फिर से बाज़वान सजेंगे...

सुमन : नुन्द ऋषि को करो तुम याद
तुम्हारी सुनेंगे वो हर फ़रियाद

कोरस : रसूले खुदा से करेंगे वो बात
बन जाएँगी बिगड़ी हुई अपनी बात

नुन्द ऋषि : इनायत हुई है-इनायत हुई है।

कोरस : इनायत हुई है-इनायत हुई है।

नुन्द : ख़ुदा की बन्दे पर इनायत हुई है।

कोरस : ख़ुदा की बन्दे पर इनायत हुई है।

नुन्द : रसूले ख़ुदा की विलादत हुई है।

कोरस : रसूले ख़ुदा की विलादत हुई है।
काली कमली वाले ने अपना करम फ़रमाया
लंबी ज़ुल्फ़ों वाले ने बेड़ा पार लगाया
काली कमली वाले ने...
लंबी ज़ुल्फ़ों वाले ने ...
(अँधेरा) मध्यान्तर

दूसरा अंक
छठा दृश्य

(अहमदाबाद के बाद शाह आलम कैम्प का दृश्य, लोग भूखे प्यासे बदहवास बैठे हैं। कोई ज़ख्मी है तो कोई बीमार है। सब लोग आपस में बात कर रहे हैं। यूसुफ़ कुर्सी मेज़ डाले सभी के नाम रजिस्टर में लिख रहा है।)

व्यक्ति-1 : आह!

यूसुफ़ : तुम्हारा नाम?

नजमा : नजमा ये हमारी बेन किश्वर।

यूसुफ़ : कहाँ रहती थी?

नजमा : नरोदा पाटिया।

व्यक्ति-2 : भाभी मेरे को लगता है कि मेरी आँख गई।

औरत-1 : कितनी बेरहमी से मारा है ज़ालिमों ने।

पटेल : मेरा नाम फीमेल में क्यों डाल दिया मेल में लिख...।

व्यक्ति-3 : क्या पटेल चाचा मेल में ही तो लिखा था।

मुख़्तार : ये क्या करता है ख़ामखाँ फ़ार्म ख़राब कर दिया।

व्यक्ति-1 : अरे मेरा सिगरेट का टोंटा कहाँ चला गया यहीं तो रखा था। सुबह पान की दुकान के पास से उठाकर लाया था। पता नहीं कौन ले गया। चोर हैं साले चोर...

औरत-2 : मुए नासपीटे, यहाँ सबको जान पे बनी है। और ये है कि इसे बीड़ी सिगरेट की पड़ी है।

लड़का-1 : हमारे इम्तिहान का क्या। कहीं ऐसा ना कि इम्तिहान हो जाएँ और हमें पता ही ना चले। और बाद मे बोले कि तुम तो इम्तिहान में बैठे ही नहीं।

लड़का-2 : अबे गॉडे दूँ क्या तेरे को। तेरे को इम्तिहान की सूझ रही है। यहाँ ज़िंदगी वॉदे लग गए।

(खाने की घंटी बजती है।)

यूसुफ़ : चलो खाने का टेम हो गया चलो चलो तुम लोग।

इमरान : ये इसको सँभाल...ओए लैन में लैन में लैन में।

पटेल : सना बेटा चल खाना खा ले।

सना : तुम जाओ पटेल चाचा मुझे नहीं खाना है।

पटेल : चल बेटा थोड़ा तो खा ले।

सना : नहीं मुझे बिलक़ुल भूख नहीं है।

पटेल : हमेशा रात को ऐसे ही तंग करती है। ....बेटा अब तेरी माँ नहीं आ सकती।

सना : आती है। रोज आती है। तुम बैठो। तुमसे भी मिलवाती हूँ।

पटेल : बेटा तेरी माँ अल्लाह को प्यारी हो गई है।

सना : ख़बर है...ख़बर है। अल्लाह पाक उसको बहुत प्यार करते हैं। इसलिए उसको यहाँ आने देते है। मुझसे मिलने ज़हरा मौसी आती है। सलमा बेन भी आती है। और जैनब बेन भी...

पटेल : अच्छा-अच्छा सब आती हैं। ठीक है, तू यही बैठ मैं जाता हूँ। जब तेरी माँ आकर चली जाए तब आकर सो जइयो।

(पटेल बड़बड़ाता हुआ जाता है। पटेल के जाते ही मंच पर नीली हरी लाइटों का प्रकाश आता है और सफेद कपड़ों में उसकी माँ की रूह आती है।)

परवीन : सना...मेरी जान...मेरी आँखों की रोशनी कैसी है मेरी लाड़ली...?

सना : अम्मी...अम्मी...तुम आ गईं अम्मी? पटेल काका कहते हैं कि तू नहीं आएगी

परवीन : नहीं बेटा मैं हमेशा आऊँगी...

सना : मैं अभी पटेल काका को बुलाकर दिखाती हूँ कि तू आ गई... पटेल काका।

परवीन : सना...इधर आ अच्छा बता तूने खाना क्यों नहीं खाया?

सना : अम्मी तू तो जानती है। रात को जब अब्बा घर आते थे तभी मैं खाना खाती थी। इसलिए मैंने खाना नहीं खाया। अम्मी...तू उनको साथ लेकर क्यों नहीं आई। मेरा अब्बा को देखने का बहुत मन करता है।

परवीन : तेरे अब्बा अब नहीं आ सकते बेटा।

सना : अब्बा क्यों नहीं आ सकते?

परवीन : क्योंकि अल्ला पाक से माँओं का रोना नहीं देखा जाता इसलिए वो उन्हें ज़मीन पर आकर बच्चों से मिलने की इजाज़त देते हैं।

सना : तो अब्बा से कहो ना कि वो भी अल्ला पाक के सामने जाकर ज़ोर-ज़ोर से रोएँ...

परवीन : रोते हैं बेटा...लेकिन शायद अल्ला पाक को ऐसा लगता है कि मर्द तो ज्यादा मज़बूत होते हैं। इसलिए उन्हें...

सना : अच्छा। ये तो गलत बात है, मैं अभी अल्लाह पाक को फोन लगाती हूँ। हमारे कैंप में फोन भी है। और मुझे फोन करना आ गया है। ...हलो। अल्लाह पाक...मैं सना काँच वाला बोल रही हूँ ...शाहआलम कैंप से आप हमेशा मेरी अम्मी को ही भेज देते हैं...अब्बा को क्यों नहीं भेजते...? ...अच्छा।...*(फोन रखकर अपनी माँ से)* अल्लाह पाक भेज रहे हैं।

परवीन : अच्छा सना ये तो बता...कैंप में जो स्कूल शुरू हुआ है, तू उसमें क्यों नही जाती।

सना : वो भी कोई स्कूल है अम्माँ। न कॉपी न किताबें। यहीं कब्रों पर झाड़ू देकर बोलते हैं कि यही स्कूल है। और कोई न कोई आकर सिर्फ पहाड़े ही रटाते रहते हैं। एकड़ एक...बे एकम बे, बे दोनी चार, बे त्री छैः *(गुजराती पहाड़े की दो-तीन लाइनें)*

परवीन : कुछ भी है। इधर-उधर भटकने और कब्रों के बीच घूमते रहने से

तो अच्छा है कि तू पहाड़े ही दोहरा लिया करे।

सना : आप थोड़ी देर के लिए आती हैं और हमें डाँटती हैं। *(सना नाराज हो जाती है।)*

परवीन : सना...सना...नाराज हो गई मेरी लाड़ली। अच्छा अपनी माँ को माफ कर दो...बट्टी।

सना : (खुश होकर) बट्टी।

परवीन : सना बेटे अपने घर भी जाना और देख के आना वहाँ क्या हाल है?

सना : वहाँ तो सब जल गया है न अम्मी...?

परवीन : जल गया है, लुट गया है पर है तो अपना घर...

सना : मैं गई थी अम्मी...परसों। तुम सबकी बहुत याद आ रही थी। तो मैं रोते-रोते घर चली गई। लेकिन वहाँ जाके बहुत डर गई अम्मी। सब जले हुए घर, काली-काली दीवारें।

परवीन : कोई बात नहीं...तू हिम्मत करके अल्ला पाक का नाम लेके जा।

सना : अम्मी क्या हम लोग फिर से सब एक साथ नहीं रह सकते।

परवीन : नहीं बेटे हम सब लोग तो जला दिए गए हैं न। मैं तो रूह बन चुकी हूँ।

सना : रूह को जलाया नहीं जा सकता...?

परवीन : नहीं...

सना : तो फिर मुझे भी रूह बना दो अम्मी मुझे जलने से बहुत डर लगता है।

परवीन : खुदा ना करे बेटा...हिम्मत रख...चलो अब आँखें बन्द करो...मैं तुम्हें सुला देती हूँ

सना : नहीं मैं नहीं सोऊँगी...मैं सोती हूँ तो तुम चली जाती हो।

परवीन : नहीं मैं नहीं जाऊँगी...आँखें बन्द करो...

प्रेतात्मा : *(सना को गोद में लिटाकर लोरी सुनाती है।)*

अल्ला अल्ला करती थीं
घी के पापड़ तलती थीं
पापड़ हुए खतम
डिकरी ने म्हारी आयो आराम...

(सना सो जाती है। पटेल प्लेट में खाना लिए बड़बड़ाता हुआ आता है। पटेल की आहट पाकर परवीन की आत्मा जाने लगती

है। लेकिन वो पटेल को दिखाई नहीं देती)

पटेल : ये लो ज़मीन पर ही सो गई।

परवीन : पटेल काका आप मेरी बच्ची का ख़्याल रखते हैं। अल्लाह आपको हमेशा खुश रखे।

पटेल : *(चौंकता है।)* कौन...? ...अब ज़िंदा लोग कब्रिस्तान में रहेंगे तो ऐसी आवाज़ें तो आएँगी ही।

(धीरे-धीरे मंच पर अँधेरा हो होता है और कोरस गाते हुए आता है।)

कोरस : यही सुना था जो मरे वो ही जलाया जाए
जीते जी माँ को मेरी काहे दिया जलाया जाए
हे जीरे ऽ ऽ ऽ ऽ ऽ हे जी रे ऽ ऽ ऽ

सातवाँ दृश्य

(वही जगह वही अफरातफरी का माहौल यूसुफ़ फोन पर जोर-जोर से बात कर रहा है एक तरफ दो-तीन चादरे तनी हुई है उसके पीछे नजमा के चीखने-कराहने की लगातार आवाज़ें आती हैं।)

यूसुफ़ : हाँ...हाँ...किधर से...? दिल्ली से...। हाँ-हाँ मैडम आ जाइए सब लोग इधर ही हैं। ...अरे पटेल चुप कराओ न इन्हें...।

सना : चाची गरम पानी...।

चाची : जीती रह मेरी बच्ची जीती रह। मुए मरदुए बैठे देख रहे हैं। ये नहीं कि बच्ची के हाथ से गरम पानी की पतीली ले लें।

लड़का-1 : मैंने तो माँगी थी लेकिन...

चाची : चुप हरामख़ोर कैंप में आकर तो और भी निक्कमे हो गए हैं।

नजमा : अरे क्या हो गया है। क्या किया था हमने। अरे नको के अब्बा देखो क्या हालत हो गई। तुम कहाँ जाके बैठ गए। अरे अल्लाह अंधा हो गया है, बहरा हो गया है। उसको सुनाई नहीं देता दिखाई नहीं देता।

चाची : चुप रह नजमा काहे को हौल फौल बकती है।

औरत-1 : अल्लाह इसको माफ कर देना।

नजमा : नहीं, बिलकुल माफ़ मत करना। मुझे सज़ा देना दोज़ख में जलाना। दोज़ख में ये तो पता होगा कि ये किस गुनाह की सज़ा है यहाँ तो ये भी नहीं पता कि ये सज़ा किस बात की...

यूसुफ़ : *(फोन पर)* हाँ बोलो...क्या...? क्या...? अरे पटेल ये क्या चालू

है सुबह से चुप कराओ न इन्हें...।

पटेल : अरे नजमा चुप हो जा। तेरे चिल्लाने से हम लोगों के दिल ख़राब होते हैं।

(नजमा गुस्से से पर्दे के बाहर आकर)

नजमा : दिल ख़राब होते है? दिल ख़राब होते है। मेरे चिल्लाने से...? वरना इस कब्रिस्तान में रहने में बड़ा मज़ा आ रहा है न। पहले बच्चा पैदा करो, फिर पाल पोसकर बड़ा करो, फिर उन्हें मरता हुआ देखो, जब ये सब देख लोगे तब कहना कि दिल ख़राब होते हैं।...मेरी फूल-सी दो बच्चियाँ जरीना-सकीना को मेरी आँखों के सामने ज़िंदा जला दिया कैसे उनके नन्हें-नन्हें जले हुए हाथ बार-बार मेरी तरफ़ बढ़ रहे थे। मैं बेहोश हो गई...मुझे मुर्दा समझ के छोड़ दिया...क्यों छोड़ दिया मुझे...जैसे रज़िया का पेट फाड़ के उसके बच्चे को भाले पर नचाया था वैसे मुझे भी मार देते...*(चक्कर खाकर नीचे गिरती है। दो-तीन औरतें उसे सँभालती हैं। और पर्दे के पीछे ले जाती हैं।)*

(बच्चे के रोने की आवाज़ आती है।)

औरत-1 : अल्लाह का शुक्र है लड़का हुआ है।

नजमा : देख नको के अब्बा लड़का पैदा हुआ है। तू कहता था न कि नजमा दो लड़कियाँ ही ठीक हैं, मैंने ही ज़िद की थी कि तेरे घर में सबको लड़के हैं। एक बच्चा और पैदा करते हैं। अल्लाह ने मेहरबानी की तो ठीक...देख अल्लाह की मेहरबानी तेरा लड़का कब्रिस्तान का बादशाह बनेगा।

औरत-2 : काहे को कुफ्र बकती है। चुप रह चल सोने की कोशिश कर। *(नजमा चुप हो जाती है।)*

सना : चाची मुझे बच्चा देखना है, मैं अंदर आऊँ।

चाची : नहीं, बेटा तू बाहर रह। अभी बच्चे को नहलाना है।

सना : छोकरा हुआ है पटेल चाचा।

पटेल : हाँ-हाँ सुना है, तू उसकी आपा हो गई।

सना : मेरा छोटा भाई भी मुझे आपा ही कहता था।

पटेल : तेरा छोटा भाई? क्या नाम था उसका।

सना : हैदर! यूसुफ़ चाचा जो बच्चा हुआ है उसका नाम हैदर रखें।

यूसुफ़ : रख सकते हैं। हैदर तो मौला का नाम है। लेकिन उसकी माँ को पूछना पड़ेगा।

सना : हाँ, मैं पूछ लूँगी, पर मैं उसका नाम हैदर ही रखूँगी...चाची छोकरे को नहला दिया? मैं अंदर आऊँ?

चाची : ये नहीं मानेगी जा उसे दिखाकर आ *(एक लड़की बच्चे को गोद में लिए बाहर आती है। एक मनचला लड़का उसे छेड़ता है।)*

लड़का : ये मेरा प्रेम पत्र पढ़कर
कि तुम नाराज़ ना होना
कि तुम मेरी...

पटेल : ये प्रेम पत्तर ला इधर दे, मैं फ़ाइल में लगाता हूँ।

लड़की : *(सना से)* ये ले...पहले तू पालथी मारकर बैठ हाँ...ये ले...

सना : *(बच्चे को गोद में लेकर)* हैदर...मेरा भइया...*(तभी अज़ान सुनाई देती है।)*

आठवाँ दृश्य

(धीरे-धीरे रोशनी आती है। वही कैंप वही बदहाली कुछ एन.जी. ओ. के लोग आते हैं। सभी मॉर्डन कपड़े पहने हैं। एक आदमी के हाथ में पुराने कपड़ों का एक गट्ठर और कुछ बिस्कुट वगैरह हैं।)
(यूसुफ़ फ़ोन पर बात कर रहा है। इन लोगों को देखकर...)

यूसुफ़ : अच्छा मैं आपसे बाद में बात करता हूँ। ...आइए मैडम आइए...।

वैशाली : आप यूसुफ़ भाई...

यूसुफ़ : जी मैडम!

वैशाली : आपसे मेरी बात हुई थी फोन पर...

यूसुफ़ : हाँ मैडम...

वैशाली : मेरा नाम वैशाली है और ये हैं अविनाश। हम लोग एन.जी.ओ. चलाते हैं।

यूसुफ़ : एन.जी.ओ...

वैशाली : नॉन गवर्नमेंट ओर्गनाइजेशन।

यूसुफ़ : ठीक है, चलाओ चलाओ...

वैशाली : हम लोग कुछ इंटरव्यूज करना चाहते हैं। मतलब...बातचीत।

यूसुफ़ : हाँ-हाँ, क्यों नहीं।

अविनाश : आप कुछ लोगों को यहाँ बुला देंगे? आप आइडेंटिफाई कर दें तो हमारे लिए ईज़ी होगा।

यूसुफ़ : अभी खाना बँट रहा है, तो सब लोग खाना खाने को गए है।

दर्पण मिश्र और कांची सिंह

वैशाली : खाने में तो मैडम क्या देते हो?

यूसुफ़ : खाने में चावल और शोरबा।

वैशाली : शोरबा? शोरबा मीन्स।

यूसुफ़ : शोरबा बोले तो सालन जिसको आप ग्रेवी बोलते है।

वैशाली : ड्राइवर? तुम ये सामान इन लोगों को दे दो। इसमें खाने की कुछ चीजें और कपड़े हैं।

यूसुफ़ : बहुत-बहुत शुक्रिया मैडम ये तो मैं बटँवा दूँगा। लेकिन अगर आप किसी तरह इतना इंतजाम कर दें कि नहाने के साबुन की कुछ बट्टियाँ मिल जाएँ और कुछ चादरें...मतलब लेडिज लोगों के लिए...आप समझ गई न मैडम...

वैशाली : क्या? नहीं है? हमने तो सुना था कि आप लोगों के लिए गल्फ कंट्री से इतना पैसा और सामान आया है कि लेने वाले कम पड़ गए है और सामान फिंक रहा है। *(इसी बीच ड्राइवर कपड़ों को गट्ठर खोलता है उसमें से ऐसे कपड़े निकलते हैं जो ये लोग इस्तेमाल ही नहीं कर सके। जैसे—मिनी स्कर्ट, बहुत ही फैन्सी नाइटीज़ इत्यादि।)*

यूसुफ़ : *(चिढ़कर)* किधर है सामान मैडम? सुनते तो हम भी बहुत हैं कि सामान आया है। सामान आया है। मगर हम तक तो नहीं पहुँचा। कोई कहता है कि ट्रक के ट्रक अहमदाबाद के बाहर खड़े हैं। अंदर आने नहीं देते।

व्यक्ति-1 : अल्लाह जाने सच्चाई क्या है, हमें तो इतना मालूम है कि जिन कपड़ों में हम भागे थे आज तक उन्हीं कपड़ों में बैठे हैं।

औरत-1 : न घर रहा न घर की मिट्टी। न पास में एक पैसा है कि जो एक रूमाल ही खरीद सकें...। आए थे कागज पर सही लेने कि तुम्हारा क्या-क्या नुकसान हुआ है बताओ सरकार भरेगी। नुकसान बताए? हमारा अपना खुद का पक्का घर था। साइकिल थी, टी.वी. था, गैस का चूल्हा था। सात जने रहते थे उस घर में। सास-ससुर, देवर, मेरा आदमी, और मेरे दो बच्चे। सबको मार दिया सिर्फ मैं और मेरा देवर बचा। बारह सौ रुपए दे रहे थे मुझे। मेरे घर के बदले मेरे आदमी के बदले, मेरे दो बच्चों के बदले में। बहुत सामान आया है, लेने वाले कम पड़ गए हैं। बारह हज़ार लोग रहते हैं इस कैंप में जिनमें कम से कम छः हज़ार तो औरतें हैं। जिन्हें

हर महीने माहवारी होती है तो कौन-सा कपड़ा लगाती हैं उन दिनों में? यही गंदे टाट फाट...। बहुत सामान आया है, लेने वाली कम पड़ गए हैं...। लेने वाले...

(रोती हुई जाती है। मुख़्तार आता है। वैशाली और उनके साथ के लोगों को देखकर)

मुख्तार : गवर्नमेंट के लोग है? गवर्नमेंन्ट के लोग?

यूसुफ़ : ये मुख़्तार दादा है। पहले फ़ौज में था। इसकी पूरी फैमिली को खल्लास किया, तीन बेटा लोग, बहुएँ, पोता, पोती, इसकी औरत...एक-डेढ़ महीना तो बिलकुल पागल सरीखा हो गया था। अब थोड़ा भान में आया है।

वैशाली : आप फ़ौज में थे...?

मुख्तार : *(सैल्यूट मारता है।)* यस मैडम।

(सना और एक-दो छोटे बच्चे हँसते है।)

मुख्तार : 1971 की लड़ाई में पाकिस्तानी फ़ौज को दूर तक खदेड़ा था हमारी टुकड़ी ने...मैडल मिला था मुझे तीन बार...एक बार तो राष्ट्रपति ने दिया था। उस वक़्त वी.वी. गिरी राष्ट्रपति थे। उस समय बहुत बड़ा फंग्सन हुआ था। मैंने राष्ट्रपति के सामने नेताजी का गाना सुनाया था। वो क्या गाना था। भूल गया। घर के साथ मैडल भी जला दिया हरामियों ने...। जब राख में मैं अपने बच्चों की हड्डियाँ ढूँढ़ता था दफ़नाने के लिए तो एक मैडल मिला...जलकर काला पड़ गया है।...पर मैं इस पर सोने का पालिश कराऊँगा फिर लगाऊँगा। मैडम, तुम मेरे बारे में लिखना मैं हारा नहीं हूँ। मैंने नहीं बोला था गाँधी जी को कि पाकिस्तान बनाओ...। जो अगर ये बात है तो क्यों नहीं बनाते खालिस्तान...? क्यों नहीं जाने देते आसाम...? क्यों नहीं छोड़ देते कश्मीर...? क्यों बनाया पाकिस्तान...? अब चलो बनाया है तो बनाया है, हमें क्यों दोषी ठहराते हैं। हम कहाँ जाएँ...? ये मुल्क मेरा भी उतना है जितना की उन लोगों का...। मैं वापस अपने घर जाऊँगा। भले ना हो वहाँ राख के सिवा कुछ भी...हमारी ज़मीन तो है...मुख़्तार भाई हुसैनी वाला की ज़मीन मेरी बच्चों की मिट्टी है वहाँ...मैं उधर चार बम्बू लगाऊँगा...तालपत्री बाँधूँगा। नहीं लूँगा मैं अपने घर के बदले ढाई हजार रुपया...। जब मैं इस देश की ज़मीन के लिए पाकिस्तानियों से लड़ सकता

हूँ, तो ये तो हमारे देशवासी हैं। ये लोग मेरे दर्द को नहीं समझेंगे तो कौन समझेगा। और जो नहीं समझे तो मैं लड़ूँगा फिर भले ही मुझे गवर्नमेंट से मुक़दमा लड़ना पड़े पर मैं लड़ूँगा। नहीं लूँगा ये अपनी ज़मीन के बदले ढाई हजार रुपया...भले ही मैं बूढ़ा हो गया हूँ पर मैं सिपाही हूँ शेरे हिंदुस्तान हूँ।

आ गया...याद आ गया नेताजी का गाना याद आ गया।

तू शेरे हिंद आगे बढ़
मरने से फिर तू न डर
उड़ा के दुश्मनों का सर
तू श्री वतन बढ़ाए

सना और बच्चों का कोरस : क़दम क़दम बढ़ाए जा
खुशी के गीत गाए जा
ये ज़िंदगी है क़ौम की
तू क़ौम पर लुटाए जा।

नवाँ दृश्य

(धीरे-धीरे मंच पर अँधेरा छा जाता है)

(बारिश हो रही है। सभी लोग बारिश से बचने के लिए मोमियाँ तिरपाल में सिर छिपाए बैठे हैं। यूसुफ़ छतरी लगाए आता है।)

यूसुफ़ : एक खुश ख़बर है। सबके लिए एक बड़ी तालपत्री का इंतजाम हो गया है। इधर का पूरा चबूतरा उधर नीम तक और इधर आफिस तक सब ढँक जाएगा।

पटेल : हमें नहीं चाहिए तुम्हारी तालपत्री। हमें तो हमारे घर भिजवा दो... आज चार महीने होने को आ गए हम लोग यहाँ पड़े हैं। घर होते हुए भी बेघर हो गए। अपने देश में परदेसी हो गए।

यूसुफ़ : अरे वो तो हम सब हो गए मगर कैसे जाएँगे वापस।

पटेल : कुछ भी हो। मैं अपने घर जाऊँगा...जली हुई काली दीवारों को साफ करूँगा...फिर से कोई छोटा-मोटा धंधा शुरू करूँगा...क्या कर लेंगे वो लोग, मार देंगे मुझे? तो मार दें...। मुझमें अब वैसे भी ज़िंदा क्या है। कम से कम ये सुख तो रहेगा कि मरते वक़्त इज़्ज़त से अपने घर पर मरा हूँ। यहाँ चार महीने से हम लोग कब्रिस्तान

में रह रहे हैं, तो क्या हम लोग ज़िन्दा हैं? मैं जा रहा हूँ।

सना : ना जाओ काका।

पटेल : क्यों न जाऊँ...? मैं हिंदू बन जाऊँगा...मैं अपना नाम हँसमुख रख लूँगा। उनके मुहल्ले में जाकर रहूँगा। मैं उन लोगों से अच्छी गुजराती बोल लेता हूँ। मुझे कोई नहीं पहचान पाएगा। तुम लोग मुझसे मिलने मत आना, छोड़ दो मुझे मैं हिन्दू हूँ...तुम लोग मुझे नहीं मार सकते मैं हिन्दू हूँ। मेरा भी ख़ून लाल है...काट के दिखाऊँ? काट के दिखाऊँ...? *(हाथ को दाँत से चबाने की कोशिश करता है। लोग उसे पकड़ लेते हैं।)*

पटेल : छोड़ दो मुझे...छोड़ दो मुझे...*(चिल्लाते हुए जाने लगता है। तभी दो पुलिस के आदमी आते हैं। और फिर उसे पकड़ लेते हैं।)*

पटेल : अब तुम लोग मुझे नहीं मार सकते मैं हिंदू हूँ।

पुलिस-1 : अबे चुप रह नहीं तो दाँत तोड़ दूँगा तेरे।

पटेल : क्यों दाँत तोड़ दोगे मेरे, मैं हिन्दू हूँ। मेरा नाम हँसमुख भाई है तुम लोग हँसमुख भाई के दाँत नहीं तोड़ सकते।

पुलिस-2 : अबे तेरी तो...*(पुलिस वाले पटेल को मारते हैं। एक लड़का भागते हुए आता है बाकी लोगों से कहता है।)*

लड़का-1 : जल्दी चलो पुलिस वाले पटेल काका को मार रहे हैं। *(सभी पटेल के पास आते हैं।)*

यूसुफ़ : अरे क्यों मार रहे हो बुड्ढ़ा आदमी है।

पुलिस-2 : बुड्ढ़ा आदमी है तो इसे अपने घर पर रखो।

पटेल : मैं घर ही तो जाना चाहता हूँ। मैं हिन्दू हूँ...मैं...मैं...

पुलिस-1 : अबे साला फिर चालू हो गया।

(पुलिस वाले पटेल के साथ फिर धौल झापड़ करते हैं। यूसुफ़ पटेल को खींचकर ले जाते हैं।)

यूसुफ़ : जाने दो भाई जाने दो ये तो पागल है।

पुलिस-2 : पागल है तो इसे किसी कब्र में बंद करके रखो, साला नहीं तो अपने को भी पागल बना देगा।

पुलिस-1 : इतना सब कुछ हो गया फिर भी सालों को अकल नहीं आई। **(पुलिस वाले जाते हैं। पटेल बड़बड़ाता रहता है। एक लड़का पटेल की हालत देखकर रोता है।)**

पटेल : इसको क्या हुआ? ये रोता क्यों है? ...रो मत बेटा तुम्हें भी अपने

घर जाना है...हम सब अपने घर जाएँगे...। हम सब अपने घर जाएँगे...

(धीरे धीरे अँधेरा छा जाता है।)

दसवाँ दृश्य

(वहीं कैम्प का दृश्य सबके चेहरों पर मायूसी छाई है।)

सलमान : यूसुफ़ भाई पूरे उन्नीस लोग लापता है।

यूसुफ़ : उन्नीस लोग...किधर से?

सलमान : 6 नरौदा पाटिया से, 8 गुप्ता नगर से, 5 ज़करिया मस्ज़िद से।

यूसुफ़ : ठीक है मैं ये...*(एक लड़का आता है)* आ गया, शाहिद कहाँ है...? *(शाहिद आता है)* आ गया शाहिद, सना के केस का क्या हुआ?

शाहिद : कुछ नहीं...

यूसुफ़ : क्यों?

शाहिद : जज पूछता है सुबूत के लिए कोई कागज़ है। घर का कोई सर्टिफिकेट, इसका बर्थ सर्टिफिकेट, इसके माँ-बाप की शादी का कोई सर्टिफिकेट...। मेरे पास कोई कागज़ नहीं है। कहाँ से लाऊँगा मैं और कहाँ से लाएगी ये...।

यूसुफ़ : अच्छा...ये ले पानी पी ले।

शाहिद : टॉप किया था यूसुफ़ भाई मैंने...टॉप किया था। अख़बार में फ़ोटो छपा था। और खाने को मिल रहे हैं जूते। इसलिए नहीं कि मैं ख़राब वकील हूँ बल्कि इसलिए कि मेरा नाम शाहिद है। और मैं इन लोगों के लिए मुक़दमे लड़ रहा हूँ। वो भी सरकार के ख़िलाफ़...इन मुक़दमों का तो पेश होने से पहले ही फ़ैसला हो जाता है।

यूसुफ़ : ऐसी नाउम्मीदी की बात मत कर, हौसला रख, हिम्मत रख और ये मत भूल कि तू...।

शाहिद : अनवर भाई रौशनवाला का पोता हूँ। वो गाँधीजी के बहुत बड़े भक्त थे। अपने ज़माने के सबसे बड़े वकील...ये सब खोखली बातें हैं।

यूसुफ़ : थोड़ा ठंडा हो जा शाहिद...ठंडा हो जा...। अच्छा ये बता बाकी के केस का क्या हुआ?

शाहिद : बाकी के केस?! ये रहे...ये हैं 39 केसेस के अर्ज़ीनामे। *(अपने*

बैग में से कुछ पेपर फेंकता है) पाँच-पाँच मिनट में एक-एक मुक़दमा ख़त्म। किसी को चार सौ, किसी को सात सौ, किसी को बारह सौ...वो सब लोग मुझ पर हँसते हैं...कहते हैं नालायक तुझे कुछ नहीं आता। मेरे जूनियर्स मुझे समझाने चले आते हैं। कहते हैं सर कहाँ फँस गए आप। इधर आ जाइए, गोधरा विक्टिम्स के संबंधियों के केस लड़िए।

यूसुफ़ : अब क्या कर सकते हैं। इन्हीं हालात से हमें लड़ना है। मैं मानता हूँ हमारा मुल्क एक ऐसे दौर से गुज़र रहा है जहाँ हर वक़्त हमें ऐसा लगता है जैसे हमारा कोई इम्तिहान हो।

लड़का-1 : लेकिन क्यों? क्यों बार-बार हमें ही ये साबित करना पड़ता है कि हम अच्छे हिंदुस्तानी हैं।

चाचा : क्योंकि पार्लियामेंट पे अटैक जो होते हैं।

मुख्तार दादा : और ऐसे कितने हादसे होते हैं जिनके लिए उँगली हमारी तरफ उठती है।

लड़का-1 : लेकिन अब अगर उँगली हमारी तरफ उठी ना तो उँगली काट देंगे हम।

लड़का-2 : अगर मरना ही है तो अकेले नहीं दस को साथ लेके मरेंगे।

मुख्तार दादा : शाबाश! वो तुम्हें मारें तुम उनको मारो। वो तुम्हारी मस्जिदें तोड़ दें तो तुम उनके मंदिरों को आग लगा दो। कोई गुरुद्वारा अपवित्र कर देता है तो प्रधानमंत्री की हत्या कर दी जाती है, बदले में हजारों-लाखों सिक्खों को मार काट दिया जाता है। मारो मारो...काटो काटो...पूरा देश मरने-मारने की कबड्डी खेल रहा है।

शाहिद : पार्लियामेंट पर अटैक और ये सब काम जो आप कह रहे हैं। ये हम और आप जैसे लोग नहीं करते। ये काम है दंगाइयों और आतंकवादियों का और आतंकवादियों का कोई मज़हब नहीं होता। मैं आप लोगों से एक बात पूछता हूँ—कल को नेपाल और हिंदुस्तान में झगड़ा हो जाए और वहाँ के आतंकवादी यहाँ आ जाएँ तो क्या यहाँ रहने वाले हिंदू एक-दूसरे को शक की नजर से देखेंगे? नहीं ना? तो फिर हमें क्यों उस पलड़े में रखा जाता है।

लड़का-1 : अब बोलो मुख़्तार दादा...बोलती क्यों बंद हो गयी?

मुख्तार दादा : ए हल्कट तू चुप कर...। शाहिद बेटा तू तो पढ़ा-लिखा है हम लोगों को कितनी उम्मीदें हैं तुझसे...अच्छा एक बात बता जब

प्रकाश सोनी और शुभ्र ज्योति

प्रकाश सोनी, कजरी बब्बर
और शुभ्र ज्योति

मुल्क का बँटवारा हुआ तब तेरा दादा क्यों नहीं चला गया पाकिस्तान? उसने अपनी मर्ज़ी से ये मुल्क चुना था।

शाहिद : उस वक़्त हालात और थे।

यूसुफ़ : तो हालात को बदलो और अपने हक़ के लिए खड़े हो।

शाहिद : अपने हक़ के लिए खड़ा होऊँ? आपको कुछ पता भी है, सरकारी वकील को पर अपील 7000 रुपया और मुझे पर डे 400 रुपया। यानी दिन में मेरे 25 केस भी हों तो भी 400 रुपया और उनके अगर तीन केस भी हो जाएँ तो होते हैं 21000 रुपए...इतना बड़ा ज़ुल्म, ऐसा भयानक मज़ाक, वो भी खुल के, इतनी बेशर्मी के साथ...इसमें एक परसेंट का झुठ या इग्जाजरेशन नहीं है। यक़ीन नहीं आता तो कल आकर देखो कोर्ट में कि क्या होता है मेरे साथ।

यूसुफ़ : अब ऐसे छोटे-मोटे टेंशन तो चलते रहते हैं।

शाहिद : तुम समझते नहीं हो यूसुफ़ भाई बात छोटे-मोटे टेंशन की नहीं है। बात इज़्ज़त से जीने की है। बात हमारी खुद्दारी की है। लेकिन बस अब बहुत हो चुका। अब मैं नहीं रहूँगा इस मुल्क में। ये मुल्क हमारी क़ौम के नौजवानों को बरबाद कर रहा है।

मुख्तार दादा : तेरे को क्या लगता है, उन लोगों का छोकरा लोग बरबाद नहीं हो रहा है?

शाहिद : मैं कुछ नहीं सुनना चाहता...मैं इस मुल्क में नहीं रहना चाहता...।

मुख्तार दादा : ए नासुकरे, जिस देश ने तुझे बोलना सिखाया, उसके बारे में ऐसा बात करता है। जाएगा किधर...?, अमेरिका जाएगा, गल्फ कंट्री जाएगा उधर जाके ऐसा बोल सकेगा?

शाहिद : चाहे ना बोल पाऊँ। वहाँ जाकर कुछ भी करूँगा। झाड़ू लगाऊँगा, जूठे बर्तन साफ करूँगा, अपने इन डिग्रियों और कागज़ों को आग लगा दूँगा...झाड़ू-पोंछा लगाने के लिए डिग्रियों और कागजों की जरूरत नहीं पड़ती। बाहर जाकर पोंछा भी लगाऊँगा तो ये इत्मिनान रहेगा कि ये ग़ैर मुल्क है, यहाँ मैं सेकंड सिटीजन हूँ लेकिन अपने ही मुल्क में सेकंड सिटीजन बनकर जीना मुझे मंजूर नहीं...

(कहता हुआ बाहर निकल जाता है)

सभी : शाहिद...शाहिद...।

(सना शाहिद के पीछे-पीछे जाती है। सना वापस लौट कर आती

है)

सना : शाहिद भाई तो चले गए? !

(मंच पर धीरे-धीरे रोशनी मद्धिम होती है। मंच पर गाते हुए कोरस आता है।)

कोरस : चाहे बदलो भेष तुम चाहे बदलो नाम...
जिनका क़त्ल पेशा है करेंगे अपना काम।।
हे जी रे ऽ ऽ ऽ ऽ हे जी रे ऽ ऽ ऽ

(मंच पर अँधेरा छा जाता है)

ग्यारहवाँ दृश्य

(मंच पर हल्की नीली रोशनी उभरती है और हल्की-हल्की बाँसुरी की आवाज़ सुनाई देती है। सना सो रही है। सना चौंककर जागती है। तो सामने भगवान कृष्ण को देखकर खुश हो जाती है। कृष्ण के चेहरे पर एक अजीब-सी थकान और उदासी है।)

सना : कृष्ण भगवान?

कृष्ण : तुमने कैसे जाना कि मैं हूँ।

सना : क्योंकि आपसे पहले आपकी बाँसुरी की आवाज आ जाती है।

कृष्ण : *(हँसकर)* तुम्हें मेरी बाँसुरी की आवाज़ अच्छी लगती है।

सना : हाँ। मेरी बेस्ट फ्रेंड है न किरन उसको भी बाँसुरी बहुत अच्छी लगती है। हमारी गली में एक बाँसुरी वाला आता था। उससे हमने बाँसुरी ली थी। मगर हमसे बजती नहीं थी।

कृष्ण : कोई बात नहीं मैं तुम्हें बाँसुरी बजाना सिखा दूँगा।

सना : किरन को भी सिखाएँगे।

कृष्ण : हाँ, क्यों नहीं, किरन को भी सिखाएँगे।

सना : किरन मुझे अपने साथ डाँडिया रास के लिए भी लेके जाया करती थी। मुझे डाँडिया करना बहुत अच्छा लगता है।

कृष्ण : अच्छा तो तुम डाँडिया रास करने जाती थीं।

सना : शीऽ! धीरे मेरी अम्मा मुझे घर में झूठ बोल के दादा जी से चोरी-चोरी भेजती थीं।

कृष्ण : और तुम्हारे अब्बा को पता था।

सना : हाँ, उनको पता था। सिर्फ दादाजी से झूठ बोलना पड़ता था। आपको

बुरा तो नहीं लगा कि हम लोग झूठ बोलते थे।

कृष्ण : नहीं। और फिर झूठ तो कई बार बोलने ही पड़ते हैं।

सना : हाँ, मुझे पता है। आप बचपन में बहुत झूठ बोलते थे। आप तो चोरी भी करते थे।

कृष्ण : अरे तुम्हें तो मेरे बारे में सब पता है। लेकिन रास तो अम्बे माँ का होता है?

सना : नहीं...नहीं...हमारे उधर तो आपके नाम का भी रास होता है। राधा-कृष्ण रासलीला।

सना : मैं और किरन...और मेरा एक दोस्त था इक़बाल। हम तीनों भागकर जाते थे। और जन्माष्टमी में तो हम लोग स्कूल नाटक भी करते थे। हमारी ड्रामा टीचर कृष्ण हमेशा इक़बाल को है बनाती थीं।

कृष्ण : क्यों? इक़बाल को क्यों?

सना : क्योंकि इक़बाल...आपको बुरा तो नहीं लगेगा?

कृष्ण : नहीं, नहीं बताओ। इक़बाल को क्यों?

सना : क्योंकि वो साँवला था।

कृष्ण : *(हँसकर)* लेकिन सुंदर होगा।

सना : हाँ, सुंदर था।

कृष्ण : और तुम क्या करती थीं।

सना : मैं तो कदंब का पेड़ बनती थी। ये...ऐसे...*(हाथ ऊपर करके खड़ी हो जाती है।)* जिसके नीचे आप राधा जी से मिलने आते थे।

कृष्ण : *(हँसकर)* ये तो कोई अच्छी बात नहीं थी। पेड़ बनकर तो तुम एक ही जगह खड़ी रहती होंगी?

सना : हाँ, लेकिन टीचर मुझे म्यूजिक के साथ डाँस करना एलाउ किया था। मैं ऐसे बीच में खड़ी हो जाती थी और मेरे यहाँ पर सब लीव्स।

कृष्ण : इक़बाल कहाँ है?

सना : उसे जला दिया गया।

कृष्ण : उसका घर तुम्हारे घर के पास था।

सना : हाँ किरन का घर भी पर उसका घर नहीं जलाया...उस रात मैं किरन की नोटबुक लाकर होमवर्क कर रही थी। नोटबुक के कवर पर आपका फ़ोटो चिपका था। जब टोला हमारे घर आया अम्माँ ने कहा भाग सना भाग। मेरे हाथ में किरन की नोटबुक थी। मैं सड़क पर भाग रही थी, तो एक टोले वालों ने पकड़ लिया। वो

मेरे पेट में छुरा भोंकने वाले थे कि मेरे हाथ से नोटबुक गिर गया। उन लोगों ने नोटबुक में छपी फोटो देखकर पूछा तेरा नाम क्या है? तो मैंने झट से कह दिया किरन। तो बोले इधर-उधर क्यों भटक रही है जा घर जा के बैठ। उन्होंने मेरा घर जला दिया। मेरे अम्माँ अब्बा को मार दिया। छोटे भइया हैदर को भी मार दिया।

(सना रोती है कृष्ण उसे गले लगाते हैं।)

कृष्ण : रोते नहीं बेटा। चुप हो जाओ। धीरे-धीरे सब ठीक हो जाएगा। ये तो पागल लोग हैं। अपने स्वार्थों के लिए पाप करते हैं। और कहते हैं कि धर्म की लड़ाई लड़ रहे हैं। धर्म। बच्चों की मुस्कुराहट से बढ़कर कोई धर्म नहीं। चुप हो जाओ...लो तुम ये बाँसुरी लो, तुम्हें बाँसुरी अच्छी लगती है न, ये लो...तुम इसे बजाओ।

सना : मुझे बजानी नहीं आएगी...।

कृष्ण : कोशिश करो। अपने होठों पे रखो और बजाओ। *(सना होठों पर बाँसुरी रखती है। बाँसुरी अपने आप बजने लगती है। सना हैरान है कि उससे इतनी अच्छी बाँसुरी कैसे बज रही है।)*

सना : अब आप बजाओ।

कृष्ण : ठीक है, अब मैं बजाता हूँ, तुम गाना गाओ।

सना : कौन-सा?

कृष्ण : वही, जो तुम जन्माष्टमी में गाती थी।

सना : आप इतने बड़े मैं इतनी छोटी...मैं कैसे...

कृष्ण : चलो मैं छोटा-सा कृष्ण बन जाता हूँ। और तुम बन जाओ मेरी यशोदा मइया...

सना : तीन लोक के नाथ कन्हैया जी ने जन्म लियो है
तीन लोक...
मोर मुकुट पीतांबर सोहे
गल बैजंती माला कन्हैया जी ने जन्म लियो है

फीमेल कोरस : तीन लोक...के नाथ कन्हैया जी के जनम लियो है।

(मंच पर नुन्द ऋषि आते हैं।)

कोरस : काली कमली वाले ने अपना करम फ़रमाया
लंबी ज़ुल्फ़ों वाले ने बेड़ा पार लगाया...

फीमेल कोरस : तीन लोक के नाथ कन्हैया जी ने जन्म लियो है

मेल कोरस : काली कमली वाले ने अपना करम फरमाया

लंबी ज़ुल्फ़ों वाले ने बेड़ा पार लगाया...

(धीरे-धीरे कोरस की आवाज कम होती है कृष्ण और नुन्द ऋषि जाने लगते हैं।)

सना : कृष्ण भगवान जल्दी आना।
नुन्द ऋषि शेखुल आलम फिर से आनाऽऽ
256 नंबर टेंट है मेराऽऽ

(तभी मंच पर सफेद कपड़ों में हाथों में भाले लिए दो समूह आते हैं सभी के चेहरों पर बहशीपन है। ये सभी सना को घूरते हैं। सना डरकर बचाओ-बचाओ चिल्लाती है लेकिन समूहों पर सना के चिल्लाने का कोई असर नहीं होता और अपने भाले की नोंक सना की तरफ केन्द्रित करते हैं। अपने भाले उठाते हैं ऐसे जैसे सना को मार देंगे।)

सना : बचाओ मुझेऽऽ कोई तो बचाओऽऽ क्या मुझे फिर से अनाथ होना पड़ेगा?

(अँधेरा)

(मंच पर दमघोट अँधेरा...)

□□□